AF403047

Katherine Collins lebt mit ihren zwei kleinen Töchtern in einem kleinen Dörfchen inmitten des Vest. Seit 2014 veröffentlicht sie historische Liebesromane sowohl in Verlagen, als auch als Selfpublisher. Unter dem Pseudoym Kathrin Fuhrmann schreibt die Autorin Liebesgeschichten, die mal mit Crime und mal mit Fantasy unterlegt sind.

Ein Schotte zum Verwechseln

EIN SCHLOSS IN DEN HIGHLANDS

KATHERINE COLLINS

Kapitel 1

Die unerwartete Reise

»Also?«, fragte Sina angespannt und warf mir einen schnellen Blick zu. Ich schüttelte den Kopf.

»Keine Ahnung.« Ich drehte den Plan in meinen Händen. »Ich glaube, wir haben uns verfahren.«

Sina schnaubte. »Versuch es mit dem Handy.«

»Das kostet ein Vermögen«, murrte ich, zog aber mein Telefon aus der Tasche und wartete geduldig, dass es online ging.

»Mann, was hast du für einen Knochen!«

»Schau auf die Straße!« Noch immer hatte sich die Seite nicht aufgebaut und ich seufzte. »Das ist echt ein Knochen.«

Sina lachte auf. »Nimm meines. Hinter dir, in der vorderen Tasche.«

Ich entsperrte das Display. Und wartete. »Funkloch«, stellte ich dann fest und hielt es ihr entgegen, damit sie mich nicht in Zweifel zog. Ich sah aus dem Fenster. Wir folgten einer engen, geschlängelten Straße. Um uns herum Gestein. Na ja und Wiese. Aber selbst die war gesprenkelt von Geröll. Wir befanden uns im tiefsten Hinterland Schottlands – oder, wie ich es gern bezeichnete: am Ende der Welt. Natürlich hatte es auch was für sich. Das letzte Jahr in London war ein sehr tristes gewesen, sogar noch grauer, als die Steinwand zur linken, schließlich hatte sich keine Gelegenheit ergeben, die überbevölkerte Stadt zu verlassen. Ich sollte froh sein, endlich mal wieder etwas Natur vor Augen zu bekommen. Vermutlich war ich es auch, musste mich nur erst an die neuen Begebenheiten gewöhnen.

»Scheiße«, lachte Sina und zuckte die Schultern. »Tja, drehen könnten wir hier eh nicht!« Dafür war die Straße bei Weitem zu eng. »Sieh es als nette Tour durch die Highlands!«

Ich schnaubte gespielt verdrossen und unterdrückte ein Grinsen. Sina tadelte mich zwar gern, ich sei verschlossen und mürrisch, aber ich wusste auch, dass sie mich ganz amüsant fand. Eben weil ich gerne das Negative künstlich aufbauschte. »Ich genieße dann mal die botanischen Highlights. Oh, warte – hier gibt es keine! Dann vielleicht das exzellente Panorama – ups, Berge und Unkraut«, spottete ich also, weil ich sie ungern enttäuschte.

Sina lachte auf und schlug nach mir. Ihre Finger streiften mich nur. »Stell dich nicht so an!«

»Es wird ständig regnen«, warnte ich, schließlich hatte ich mich vor Antritt der Reise nicht nur über Lage und Gebräuche informiert, »und wir werden in einer alten Bruchbude gefangen sein, in der es müffelt und wo wir uns nicht trauen werden, uns auch nur umzudrehen, aus Angst, etwas Kostbares umzustoßen!« Eine simple Tatsache, wenn man der Wettervorschau und dem Portal für schottische Bauwerke vertraute. »Dann die versnobten Herrschaften, die uns von oben herab behandeln werden.« Ich warf ihr einen prüfenden Blick zu. Ertrug sie noch mehr Pessimismus? »Ich habe jetzt schon genug!«

Wieder lachte Sina auf. Ihre Fröhlichkeit tat mir gut, auch wenn sie für gewöhnlich nicht auf mich abfärbte. Ich konnte mich aber mit meiner Griesgrämigkeit besser abfinden, wenn ich Sina zum Lachen brachte. Zumindest eine Person, die mich schätzte, ganz gleich wie ich war.

Du wolltest doch nicht mehr an ihn denken! Leider war es leichter gesagt, als getan und mein Ex Christoph verhagelte mir immer noch viel zu oft die ohnehin gedrückte Laune.

»Ein schlimmes Vorurteil, Liny! Vielleicht verliebst du dich auch Hals über Kopf in seinen Bruder! Oder in ihren Bruder oder ...«

»... in den Gärtner!«, unterbrach ich sie grummelnd. Ich hatte sicherlich nicht vor, mich in irgendwen oder irgendwas zu verlieben. Das brachte nur Ärger mit sich, Diskussionen und am Ende den unausweichlichen Schlag ins Gesicht: der Betrug. Ich knibbelte unglücklich an meinem Nagelbett. Nicht an Christoph denken. »Nein, danke.«

»Du musst zurück in den Sattel, Liny!«, mahnte Sina fröhlich. »Es wird Zeit, sonst trocknest du da unten ein!«

Ich schnaubte und verdrehte die Augen. »Es ist noch kein Jahr.«

»Willst du ihn etwa zurück, Carolina?« Zur Abwechslung klang Sina mal grimmig und auch ihr Blick war bedeutend düsterer als sonst. »Er ist ein Idiot und du hast Besseres verdient.«

Ich seufzte schwer.

»Untreue Dummköpfe gibt es wie Sand am Meer. Die Kunst ist es, die Perlen zu finden.«

Ich konnte nicht anders, ich lachte auf. Es war ein ungewohnter Laut, tat ich es doch nicht mehr häufig.

»Ist so«, beharrte Sina. »Glaub mir, es gibt sie, die tollen Exemplare Mann. Und wer weiß, vielleicht verstecken sie sich hier in den Highlands.« Sina sah sich bedeutsam um. Ich tat es ihr demonstrativ nach.

»Hm«, murmelte ich betont düster. »Dann verstecken sie sich gut.«

Sina lachte und wir fuhren schweigend weiter, bis die Straße breiter wurde und zumindest meine Seite nicht mehr mit einem Abhang drohte.

»Tja«, machte Sina und ließ den Wagen ausrollen. »Ich hasse Olga.« Ihr Navigationsgerät, das ausgerechnet heute den Geist aufgeben musste. »Vielleicht sollten wir fragen?«

Ich vollbrachte ein Kunststück, indem ich mich in dem engen, kleinen Cooper zu ihr umdrehte. Um uns herum war schlicht Wildnis und lediglich ein paar blökende Rasenmäher knabberten am Unkraut. »Wen? Meinst du, das Schaf dort kann uns den Weg weisen?«

Sina bedachte mich mit einem Augenaufschlag, der mir deutlich sagte: Jetzt pass mal auf, Mädchen! »Ich dachte an den Typen da!« Ich folgte ihrem ausgestreckten Finger. Tatsächlich stand ein dunkelhaariger, recht breit gebauter Mann mitten auf der abfallenden Wiese zu meiner Rechten. Er wandte uns den Rücken zu und sah über die Klippe. Wie hatte ich den übersehen können? Gut, er trug grünbraun gemusterte Kleidung, was in dieser Umgebung Tarnfarbe bedeutete und trotzdem hätte ich ihn sehen müssen. Allerdings mied ich den zu genauen Blick aus meinem Seitenfenster seit wir die Straße befuhren. Der Abhang war viel zu nah und beim ersten Blick hatte ich das Gefühl gehabt, er zöge mich in sich hinein. Also ließ ich es.

»Schön, geh fragen.« Ich hatte keinerlei Drang dazu, den Klippen näher zu kommen als ohnehin schon. Oder den ersten Kontakt mit einem Schotten herzustellen, nachdem ich mich gerade erst daran gewohnt hatte, rund um die Uhr englisch sprechen zu müssen. Zugegeben, in London, dem Nabel der Welt, leben und arbeiten zu können, war schon ein Traum, allerdings brachte es auch eine Menge Umstände mit sich, über die man sich oft keine Gedanken machte. Ich sprach die Landessprache flüssig, hatte einige Diplome, die mich auszeichneten und doch strengte es manchmal an. Noch immer erwischte ich mich dabei, wie ich Briefe in Deutsch aufsetzte, oder in meine Muttersprache zurückfiel, wenn es hektischer wurde. Trotzdem wollte ich nichts an meinem derzeitigen Lebensstil ändern, ganz gleich, wie sehr Sina sich über meine Enthaltsamkeit mokierte. Ich war glücklich in meiner Miniwohnung, meinem Job, wo ich mit meiner besten Freundin zusammenarbeiten konnte und auch damit, Christoph endlich aus meinem Leben und meinen Gedanken vollständig gestrichen zu haben. Na ja. Meist.

Sina lenkte mich ab. »Liny, du trägst Sneaker.«

»Und?«

»Ich Absätze!«

Dieses Mal war mein Blick der genervte. »Warum fährt man auch mit Pumps?«

»Geh und frag, wie wir nach Farquhar kommen!«

Ich presste die Lippen aufeinander. Wie dumm, dass Sina nicht nur meine Freundin war, sondern bei diesem Auftrag auch noch meine Chefin. »Fein!« Ich riss die Tür auf und schlug sie laut knallend wieder zu. Der Klang hallte über das Land, aber der Mann rührte sich nicht. *Schwerhörig*, stellte ich gedanklich fest und machte mich bereit, brüllen zu müssen, denn die Küste unter uns und der Wind an ihr brachte schon eine rechte Geräuschkulisse mit. Mein Herz schlug immer härter in meiner Brust und Schweiß brach mir aus, aber ich kämpfte mich wacker weiter.

Es ist sicher, Lina. Er steht da, ohne sich in die Hosen zu machen, dann schaffst du das auch. Es sind schließlich noch etliche Meter bis zum Abhang.

Ich stapfte durch das kniehohe Gras und wich einem Bock aus, der mich aus seinen gelbbraunen Augen anstarrte. Schafe gehörten definitiv nicht zu meinen Lieblingstieren. Obwohl sich das gar nicht wirklich sagen ließ, stand ich doch zum ersten Mal in meinem Leben vor einem realen, lebendigen Schaf. Wollig war es und schlecht gelaunt, denn es blökte wieder.

»Entschuldigung!«, rief ich laut und ging weiter auf die mir abgewandte Gestalt zu. »Hallo?!« Lediglich der Bock gab mir Antwort und verfolgte mich, wobei er den Kopf schwang und mich nahezu vor sich hertrieb.

»Hallo Sie!« Musste ich tatsächlich bis an die Klippe gehen, verfolgt von einem gehörnten Ungeheuer, das aussah, als wolle es mich in den Abgrund treiben? Mir wurde recht mulmig bei dem Gedanken, denn Höhen im Allgemeinen waren nicht ganz mein Ding. Fehlten auch noch ein Geländer oder andere Sicherheitsmaßnahmen, konnte ich durchaus eine gesunde Panik entwickeln. »Entschuldigung!« Ich stoppte und sah zur Straße zurück, das Schnurren des Motors war problemlos zu hören. Der Typ musste taub sein! Der Bock stieß mich an und ließ mich verdrossen weiterstapfen. Warum musste der Kerl auch so nah am Abhang stehen? Das machte ihn doch bereits verdammt unangenehm im Umgang. Keine Meter, sondern kaum einen Schritt entfernt von der tosenden Schlucht, wer machte so was? Ich fluchte innerlich, bereits am Ende meiner Nerven. Ich konnte damit leben, im schottischen Hinterland verschütt zu gehen, auch damit, dass dieses stinkende Tier mich anknabberte – ich schob den Kopf des Schafbocks weg – aber mich zu zwingen, bis an die Klippen zu gehen, war unmenschlich. *Ich kann dich absolut nicht ausstehen und dabei habe ich nicht einmal ein Wort mit dir gewechselt!*

Ich wagte mich vorsichtig weiter vor. »Entschuldigung!« Ich schloss zu ihm auf. Er war einen guten Kopf größer als ich und scheinbar Stammkunde im Fitnessclub, denn was aus der Entfernung massig wirkte, war eigentlich gestählte Muskelmasse. Meine Schenkel kamen nicht auf den Durchmesser seiner Oberarme. Er war auch deutlich jünger, als zunächst angenommen, demnach also nicht taub, sondern schlicht unhöflich! Er starrte in die Ferne.

»Entschuldigung!«, brüllte ich und bekam endlich eine Reaktion: Er drehte den Kopf. Der Blick seiner kristallklaren blauen Augen war hart und seine Lippen verzogen sich bei meinem Anblick. Ich ballte die Hände und streckte mein Kinn vor. Verstockt nannte es meine Mutter, ich hingegen selbstbewusst. »Wir haben uns verfahren«, hob ich fest an. »Können Sie mir sagen, wie wir nach Farquhar kommen? Es muss eines dieser imposanten Herrenhäuser sein.«

Er machte keine Anstalten zu antworten.

Ich runzelte die Stirn und legte den Kopf zur Seite. »Sie wissen schon: Steinalt, Jahrhunderte im Familienbesitz und seitdem auch nicht mehr renoviert.«

Seine Augen verengten sich.

Gut, zumindest eine Reaktion, wenn auch nicht die von mir gewünschte.

Konnte nicht einmal etwas leicht sein?

»Kennen Sie sich hier aus?« Oder war er einfach nur eine weitere verirrte Seele in diesem Hinterland?

»Aye.«

Aye? Ich zog die Nase kraus. Ausländer. Nun, war ich auch, daran gab es sicherlich nichts auszusetzen, aber die Kommunikation war damit reichlich erschwert. Ich senkte den Blick auf das Gras zu unseren Füßen. Damit konnte ich umgehen, also hob ich meinen Blick. Er war verdammt gestählt und der Wind schien ihm trotz seiner mangelnden Schutzbekleidung nicht viel auszumachen. Wer ging bei dem Wetter – und es konnte schließlich jeden Moment regnen – ohne Jacke aus dem Haus?

Der Pullover spannte über seiner Brust und raffte sich dafür locker in den Hüften. Die Cordhose lag ebenso straff an seinen Oberschenkeln an. Wahnsinn. Ich riss mich zusammen, schließlich hatte ich kein – absolut nicht das geringste – Interesse an irgendwelchen Männern.

»Sprechen Sie Englisch?«

»Aye.«

Ich blinzelte, es musste ziemlich dumm wirken – was mir völlig egal war – ich ärgerte mich nur über die Verständigungsprobleme. »French? Deutsch? Italiano? Espaniol?« Damit hatten sich meine Sprachkünste auch schon, aber die Beherrschung von vier Fremdsprachen war doch schon nicht übel.

»Aye.« Zumal er nicht einmal Englisch drauf hatte. Wieder starrte ich ihn einen Augenblick sprachlos an.

»Na hervorragend!«, brummte ich schließlich und sah hadernd zur Straße zurück. Sollte ich es einfach bewenden lassen und gehen, oder weiter versuchen, eine Antwort – eine brauchbare Antwort – aus ihm hervorzulocken? »Können Sie auch was anderes sagen als *aye*?« Wurde ich nun ungerecht?

»Aye.«

Ich stöhnte laut. Ich stemmte die Hände in die Hüften und sah auf meine Turnschuhe herab. Was blieb schon anderes übrig, als es mit Händen und Füßen zu versuchen?

»Farquhar«, wiederholte ich also und achtete auf eine deutliche, langsame Aussprache. »Großes Haus.« Ich malte mit den Händen ein großes Gebäude in die Luft. »Wo?« Ich hob die Hände und zuckte die Achseln. Er starrte mich an, sein Ausdruck war nicht zu lesen, aber sicherlich fand er mich abgrundtief dämlich.

Ich seufzte schwer und sah ein, dass dies ein verlorener Posten war. Eine Hilfe war er nicht und ein anderer Aktionsweg musste her. In der nächsten Stadt konnten wir einen aktuellen Stadtplan kaufen oder einen Einheimischen fragen. »Inverness?« Nach einem Moment, in dem er mich schlicht anstarrte, als wäre ich verrückt, drehte er sich und streckte den Arm aus.

»Straße nach Inverness?«, fragte ich nach und nickte hoffnungsvoll. Zugestanden, mein Lächeln war recht starr und mein Ton sicherlich auch nicht gerade freundlich.

»Aye.« Das war verdammt frustrierend.

»Vielen Dank. Einen schönen Tag noch.« Ich könnte ihm auch die Sintflut wünschen, er verstände es ohnehin nicht. Ich stapfte zurück, ärgerlich, weil ich mich völlig umsonst bis an den Rand der Klippe gewagt hatte!

Das Schaf blökte mich an und folgte mir. Auf halber Strecke überholte es mich und verstellte mir den Weg. Seine gelben Augen legten sich gespenstisch intensiv auf mich.

»Mäh.«

Ich machte einen Schritt zur Seite. Waren Schafe gefährlich? Seine Hörner schienen zu wachsen, während ich sie anstarrte, und auch sein Maul wuchs beständig.

»Määäh.« Er kam auf mich zu, drängte mich zurück und ließ mich straucheln, so dass ich ausgestreckt im Gras landete. Ich schrie, weil der Bock nicht den Anstand hatte, zu bleiben, wo er war. Sein Maul kam auf mich zu und er blökte mir seinen schalen Atem ins Gesicht. Ich hob abwehrend die Arme, durchaus belustigt, schließlich war dies wieder eine Geschichte, die so daneben war, dass man sie auf keiner Party als Anekdote erzählen durfte: Von einem riesigen Schaf in der wilden Einöde Schottlands niedergetrampelt, während ein griesgrämiger Einsiedler frohlockend dabei zusah.

»Mäh.« Es knabberte an meinem Mantel und zog meinen Arm dabei weg. Mir stockte das Herz. *Und du Dummkopf hattest Angst, womöglich über die Klippen zu gehen!*

Unverständliche Worte würgten meinen panischen Schrei ab – oder das peinliche Krächzen, das stattdessen meinen Mund verlassen hatte. Ich wagte einen

Blick. Der schweigsame Mann sprach offensichtlich lieber mit Schafen als mit Frauen. Er gab dem Bock einen Schubs und hob die Arme, als der zurück wollte. Einen Moment starrten sich Bock und Mann an, dann trollte sich das Tier. Sein *Mäh* wurde von einigen Worten begleitet, die ich nicht übersetzen konnte. Kein Englisch, definitiv.

Der Typ stemmte die Arme in die Hüften und sah auf mich herab. Er brauchte dringend eine Rasur und noch dringender eine Lektion in Manieren. Ich rappelte mich auf, schließlich erwartete ich keine Hilfe dabei aus seiner Richtung.

»Danke.« Ich klang nicht sonderlich freundlich.

Seine schwarzen Brauen hoben sich.

O komm schon, dieses eine Wort wirst du doch verstehen!

Ich schüttelte den Kopf und senkte dabei den Blick, um mich von der Gestalt abzulenken, die mich doch ansprechen schien, oder war es tatsächlich Furcht, die mein Herz noch immer wie verrückt klopfen ließ? Ich hob die Hand, machte einen Wink und stapfte weiter, seinen Blick auf mir spürend und mir versagend, zu ihm zurückzusehen.

Er hätte dir aufhelfen können, das wäre nett gewesen. Vermutlich war es sein ungezähmtes Tier. Er hätte sich entschuldigen müssen.

Ich stoppte mein Lamentieren, verhagelte es mir doch nur zusätzlich die Laune, riss die Tür auf und warf mich in den Beifahrersitz.

»Und?«

»Aye!«, knirschte ich und warf dem Typ einen grimmigen Blick zu. Er hatte mir tatsächlich hinterhergesehen und tat es noch. Selbst über die Distanz war es ein merkwürdiger Blick. Was dachte er wohl?

»Aye?«

Ich zuckte zusammen. Wovon sprachen wir? Ach ja. »Das einzige Wort, das er drauf hat«, murrte ich und schnallte mich an. »Aber die Straße muss ja irgendwo hinführen. Früher oder später landen wir in einer Stadt oder finden eine Tankstelle.«

Sina lachte vergnügt. »Recht haste und zumindest hast du mal mit einem Y-Chromosomträger gesprochen!«

»Aye!«, wiederholte ich kopfschüttelnd. »Wie ein Papagei, immer nur aye, aye, aye!«

»Wie gesagt, immerhin hattest du Kontakt!«

Ich warf ihr einen Blick zu und kramte nach meinem Handy. »Fahr!« Ich hatte noch immer keinen Empfang.

»Wenn du so lieb fragst«, säuselte Sina und drückte das Gaspedal durch, dass die Reifen quietschten. Ich lehnte den Kopf an und sah hinaus. Grau, grün, blau, was für eine Tristesse. Allerdings hatte es etwas Beruhigendes an sich. Hinter dem nächsten Hügel gabelte sich die Straße und ein Schild gab die Richtungen an.

»Schau mal, dort!« Sina streckte den Finger aus. Ein einsamer Briefkasten stand am Wegesrand, auf ihm mit goldenen Lettern das Wort *Farquhar.* Ich seufzte erleichtert.

»Und ich hatte fast befürchtet, den ganzen Tag nach dem vermoderten Steinhaufen suchen zu müssen«, unkte ich. Sina lachte und meine Lippen zuckten ebenfalls amüsiert. Egal was vor uns lag, ich war froh, dass Sina bei mir war. Mit ihr waren sogar die ersten Tage nach der Trennung von Christoph zu überleben gewesen, auch wenn ich sicherlich keine angenehme Gesellschaft gewesen war. Dafür liebte ich sie und war gerne bereit gewesen, mein bisheriges Leben zurückzulassen, um mit ihr fernab der Heimat zu arbeiten. Ich hatte keinen Grund, diese Entscheidung zu bereuen – ganz im Gegenteil.

***

Ich sah mich um. Wie erwartet lag ein modriger Geruch in der Luft und die Einrichtung war deutlich von anno dazumal. Der Perserläufer war an einigen Stellen bereits recht fadenscheinig. Diese mächtigen, gerahmten Ölgemälde, die Ganzkörperporträts zeigten, Landschaften, Tiergemälde oder Stillleben bedeckten die Wände. Kandelaber beleuchteten sie und urige, alte Kirschholzkommoden standen hier und da herum. Das Haus war tatsächlich ein Relikt aus der Vergangenheit. Ich blieb stehen und betrachtete eines dieser Porträts. Eine blonde Frau mit großen blauen Augen und einem hübschen Lächeln. Sie strahlte regelrecht, aber vielleicht lag dies auch am einfallenden Licht.

»Liny?« Sina gesellte sich zu mir und warf lediglich einen flüchtigen Blick auf das Gemälde. »Und, wie ist dein Eindruck?«

»Grauenvoll.«

Sina lachte auf und hängte sich bei mir ein. »Warum habe ich das nur erwartet?« Sie zog mich mit, die Stufen hinunter. »Ich habe etwas entdeckt, was deine Meinung vielleicht ändern wird.«

»Den Gärtner?« Ich verdrehte die Augen, musste aber grinsen, schließlich war Sina so durchschaubar!

»Nein, bisher hat sich der vor mir versteckt.« Sie kicherte und drückte meinen Arm. »Und ich habe beschlossen, dir die erste Wahl zu lassen.«

»Sina, ich habe kein Interesse …«

»Du sollst ja auch nicht gleich heiraten. Aber ich glaube, ein Abenteuer täte dir gut.« Ihre blauen Augen musterten mich. »Du arbeitest zu viel.«

Da wären wir wieder beim Thema. Seit ich in London war, bekniete sie mich, Christoph zu vergessen und mich mehr meinem Privatleben zu widmen, als rund um die Uhr mit der Arbeit beschäftigt zu sein. Ich seufzte unterdrückt, schließlich hatte sie recht. »Wie du meinst, nach acht Stunden Arbeit am Tag mach ich Schluss und vertrödle den Rest meiner Zeit mit …«

Sina kniff mir in den Oberarm.

»Au!«

»Lass das Gezicke. Arbeite, aber gönne dir auch etwas Spaß!« Wir nahmen die Treppe zum Erdgeschoss, verließen das Haus durch den Vordereingang und umrundeten es. »Der Schäfer muss doch in der Nähe wohnen.«

Ich konnte nicht folgen und runzelte die Stirn.

»Aye«, gab Sina den Hinweis.

Das Lachen brach nur so aus mir heraus. »Du hast echt einen an der Waffel! Der versteht kein Wort von dem, was ich sage!«

»Perfekt«, behauptete Sina zufrieden und grinste. Ich wusste, was folgen sollte und richtete meinen Blick schon mal in den grauen Himmel.

»Lass deinen Körper sprechen. Die Signale sind in allen Sprachen gleich.«

Ich korrigierte sie nicht, schüttelte nur den Kopf. Sina lachte und zog mich weiter. Ein weitläufiger Park lag vor uns und im hinteren Bereich schloss sich ein ummauertes Gärtchen an. Sina deutete auf das verwitterte Törchen und grinste verschmitzt, als erwarte sie meinen Zuspruch. Also spähte ich durch das vergitterte Sichtfenster der Pforte und entdeckte einen verwilderten Rosengarten.

»Wow!« Ich war gefesselt. Zwar war alles ziemlich zugewuchert, aber in seiner Urtümlichkeit auch anziehend. Bezwingend. Ich spürte süße Aufregung durch meine Adern strömen. Ich hatte nicht damit gerechnet, dass mich etwas Natur so beleben könnte. »Daraus lässt sich was machen.«

»Fein!«, frohlockte Sina. »Wenn dich die Muse geküsst hat, lasse ich dich besser arbeiten!« Sie zwinkerte mir zu. »Ich schaue mal, wie wir an den Schlüssel kommen.«

»Ich komme mit rein und hole meine Kamera«, schloss ich mich an, bereits in der groben Planung vertieft. Mein ganzer Körper prickelte und mir schossen die Ideen nur so durch den Kopf. Es war schon eine Weile her, dass ich mich so gefühlt hatte. Eine ganz schön lange Weile, wenn man es genau nahm und ich genoss es. Die Aufregung, das Prickeln. Selbst die Luft schmeckte süß.

Sina warf mir einen wissenden Blick zu. »Du willst die Zeremonie in den Garten verlegen, richtig?«

»Wesentlich romantischer, als alles was ich sonst gesehen habe«, murmelte ich und das war schlicht eine Tatsache. Lassen wir mal beiseite, dass mich der Rest des Hauses noch nicht wirklich überzeugt hatte. Wenn es meine Hochzeit wäre, ich hätte mir einen anderen Ort ausgesucht. »Wann kommen Braut und Bräutigam?«

»Rechne nicht mit ihnen.«

Ich stockte mitten im Schritt und hastete ihr dann nach. »Keine Aufnahmen vom Hochzeitspaar?« Das war ungeheuerlich. Ich runzelte die Stirn. Meine Ideen verpufften eine nach der anderen. »Das wird eine sehr öde Präsentation.«

Sina seufzte gedehnt. »Noch stehen die Zusagen aus, was soll ich tun? George kümmert sich aber drum.«

George, der Leiter der Agentur, über die sie derzeit arbeitete. Er war nicht gerade der sanfte Typ und meine Hochzeit würde ich sicherlich nicht in seine Hand legen, aber er hatte tatsächlich volle Auftragsbücher von zahlenden Kunden. Ich brummelte etwas, als wir das Haus wieder betraten und Sina pfiff. Sie ging einen Schritt vor mir und blieb stehen, so dass ich in sie hineinlief.

»Huch! Sorry.« Ich stolperte zurück und umrundete sie.

»Ah, Miss Conrad, Miss Hildebrick, darf ich Sie mit Mr Kendrick bekannt machen?« Die Haushälterin, die uns selbst erst vor wenigen Stunden begrüßt hatte, schob einen kräftigen Kerl in unseren Fokus. Nun, er schaffte es eigentlich von selbst, zumindest meine Aufmerksamkeit auf sich zu ziehen. Ich presste die Lippen aufeinander, als seine Augen ebenso überheblich über mich hinwegglitten, wie bei unserer ersten Begegnung. Sina trat vor und reichte ihm ihre Hand.

»Mr Kendrick, hallo. Ich bin Sina Conrad und dies ist meine Kollegin Liny Hildebrecht.« Sie drehte sich mit einem Zwinkern zu mir um. »Sind Sie der Gärtner?«

»Sina, das ist der wortkarge Typ, der mir den Weg nicht erklären wollte«, korrigierte ich sie in unserer Muttersprache. Sina drehte sich wieder dem Kerl zu, der mich immer noch anstarrte. Blödmann! Tief in meinem Inneren wusste ich natürlich, das meine Wut ungerechtfertigt war. Er war Ausländer, hatte mich einfach nicht verstanden und zumindest die richtige Richtung angegeben.

»Mr Kendrick verwaltet Farquhar für seinen Eigentümer. Er kennt sich hier aus, wenn Sie also Fragen haben, wenden Sie sich an ihn.«

»Oh, wie wunderbar!«, flötete Sina. »Ich bin mir sicher, dass Sie uns eine große Hilfe sein werden!«

Da könnte sie sich nicht mehr irren. Ich stemmte die Hand in die Hüfte und verlagerte mein Gewicht. Sina strahlte den Verwalter immer noch an, als sei er eine Offenbarung. Ich sah zwischen den beiden hin und her. Sina war eine sinnliche Schönheit mit Kurven so scharf wie ihr Verstand, trotzdem schien Mr Kendrick nicht übermäßig von ihr angetan. Er sah ebenso mürrisch an ihr herab, wie einige Stunden zuvor an mir. Sina hingegen gefiel durchaus, was er zu bieten hatte. Irritiert musterte ich ihn. Groß, muskelbepackt und haarig. Über Geschmack ließ sich streiten. Ich fing seinen Blick auf. Seine Augen hatten was und mein Puls verdoppelte sich.

Was ist denn das für ein bescheuerter Gedanke?

»Der Garten, Sina.« Es klang wie Pistolenschüsse und ich zuckte zusammen. Wie peinlich, andererseits war es mir egal, was er von mir hielt.

»Oh, natürlich«, zwitscherte Sina und flatterte mit den Wimpern. »Mr Kendrick, wir haben da gleich ein Anliegen. Wir haben einen hübschen Garten entdeckt, aber der Zugang ist versperrt.«

Lass das, Sina. Ich kniff die Lippen zusammen. Es war egal, sollte sie ruhig mit ihm flirten. Wenn er so viel Interesse in ihr weckte, sollte sie ihn haben. Ich konnte ohnehin nichts mit ihm anfangen.

»Die Damen sind für die Vorbereitung der Hochzeit von der Agentur *Weddingdreams* geschickt worden«, erklärte Mrs Collum schnell und lächelte in die Runde.

Die Miene Kendricks verdüsterte sich nur noch mehr. Vermutlich verstand er schlicht kein Wort. Ich brach den Blickkontakt mit ihm, nicht sicher, ob ich ihn bemitleiden sollte oder eine Lanze für ihn brechen. Es war doch wahrlich undurchdacht, jemanden einzustellen, der kein Wort verstand.

»Nay«, bockte Kendrick. »Der Garten bleibt geschlossen.«

Ich zuckte zusammen. Ups, da musste ich meine Vorstellung wohl revidieren.

Sina legte den Kopf zur Seite und sah neckisch zu ihm auf. Sie griff wirklich tief in die Trickkiste und ich spürte einen kleinen Stich. Neid?

»Mr Kendrick, eine unserer Aufgaben besteht darin, ein Hochzeitsvideo und eine Collage zu erstellen, die während der Feierlichkeit abgespielt wird. Dafür brauchen wir besonders schöne Aufnahmen.« Sie lächelte, klimperte mit den Wimpern und fuhr sich mit der Zunge über die Lippen.

»Der Rest des Anwesens ist eher verstaubt, baufällig und hässlich.« Ich klappte schnell den Mund wieder zu, erschrocken über meine eigenen Worte. Das war rüde und machte mich bei Mr Kendrick sichtlich unbeliebt. Sein Blick durchbohrte mich feurig und raubte mir den Atem. Ich wollte, konnte mich aber nicht entschuldigen. Mir fehlten die Worte und die Luft, um sie auszusprechen. Sina sah mich nicht weniger mordlüstern an als der Verwalter, war aber deutlich zu sehr Geschäftsfrau. Sie lachte geziert und streckte die Hand nach ihm aus.

»Oh, Liny! Manchmal ist mehr einfach notwendig.« Sie legte Kendrick die Hand leicht auf den Arm und lenkte ihn endlich von mir ab. »Was meine Kollegin sagen wollte, ist, dass das Gebäude recht düster und geschichtsträchtig ist, unsere Klientin aber ein farbenfrohes, fröhliches Video erwartet.«

Ich keuchte und wollte es wieder gutmachen, aber leider sagte ich das erste, was mir in den Sinn kam: »Genaugenommen überladen von Romantik und Kitsch. Der Garten gibt das her, das Haus nicht.« Mein Herz fror ein. Das hatte ich nicht gesagt! Nicht so. »Ich ...«, wollte meine Worte revidieren, aber Kendrick unterbrach mich ebenso rüde, wie ich wohl geklungen hatte: »Sie haben keine Ahnung, was dieses Haus hergibt! Ich schlage vor, Sie schauen sich genauer um!« Sein Blick wanderte an mir herab.

Mein Gott, der hasst mich. Was natürlich völlig egal war. Ich mochte ihn auch nicht. Spontane Antipathie auf den ersten Blick. So etwas gab es. Oh Gott, ich fühlte mich schlecht und hatte es auch nicht anders verdient. Das machte mich ärgerlich und das war nicht gut. Ich wurde häufig störrisch, wenn ich ärgerlich wurde und verrannte mich leicht.

»Ich riskiere einen zweiten Blick«, knirschte ich. *Lina, ruhig Blut. Ich musste ihn nicht lieben, ich musste nur zwei Wochen mit ihm auskommen. Das schaffe ich. Lächeln, Mund halten, wenn ich auf ihn treffe und alles wird gut. Das schaffe ich doch!*

»Ich bin sicher, irgendwo wird sich etwas Romantik und Kitsch verstecken.« *Besser, ist doch ganz einfach.*

Kendricks Augen verengten sich.

Da hatte ich mir einen Freund gemacht. Ich seufzte leise. Sollte ich es noch einmal mit einer angedeuteten Entschuldigung versuchen? Ich räusperte mich. »Es ist ein altes Haus. Es wird seinen Charme haben.« Das klang jetzt nicht besser, also klappte ich den Mund schnell wieder zu und trat mir gedanklich in den Hintern. Das machte es doch nur noch schlimmer.

»Dieses Haus *hat* Charme.« Den Rest sagte sein Blick.

Oh ja, der hasst dich. Nur gut dass du ihn eh nicht leiden kannst.

Kendrick ließ uns stehen und stampfte davon.

»Liny, du bist keine Hilfe!«, zischte Sina und stieß mich an.

»Tschuldigung.« Ich atmete tief ein. »Ich habe Mist gebaut und weiß es.«

Sina schüttelte den Kopf. »Zuckerbrot statt Peitsche.« Sie hakte sich bei mir ein und zog mich zur Treppe. »Dass du immer gleich mit der Tür ins Haus fällst!«

»Es tut mir leid.«

»Ruiniere hier nicht alles. Das ist ein sehr wichtiger Auftrag für George.«

»Ich weiß. Hör zu. Ich schnappe mir meine Kamera und sehe zu, dass ich so viele Fotos wie möglich mache, bevor er merkt, dass ich mich über sein Gebot hinwegsetze.« Nicht die feine englische Art, aber nötig, denn der Garten war magisch. »Versuch du doch abzulenken?« Darin war sie ohnehin hervorragend.

Sina sah mich beredt an, ging aber auf mich ein. Sie wusste wohl, dass ich nicht unkte. Der Garten war bei Weitem das Schmuckstück des Anwesens. Sie nickte und drehte sich breit lächelnd der Haushälterin zu, die uns neugierig beäugte. Nun, es war wohl unhöflich, in einer fremden Sprache zu sprechen, die die anderen nicht verstanden. Ich nickte ihr zu und ließ Sina bei Mrs Collum zurück. Durch meine vorherige Erkundung fand ich mein Zimmer problemlos wieder. Nun, es war auch nicht sonderlich schwer. Man nahm die Haupttreppe bis zum Giebel, stieß sich dann dreimal den Kopf an einem niedrigen Balken und stand dann vor einer schmalen Tür mit abblätternder Farbe. Voilà. Ich riss die Tür auf und warf sie hinter mir zu. Meine Tasche stand noch gepackt am Fußende des Bettes, meine Ausrüstung darauf. Für erste Aufnahmen brauchte ich nicht mein Spitzengerät, schließlich wollte ich mir zunächst nur einen groben Überblick verschaffen. Also holte ich die Spiegelreflex aus meiner Reisetasche. Meine erste Kamera und längst nur noch privat im Gebrauch, aber dienlich für Exkursionen wie jene, die ich nun geplant hatte. Ich drehte mich zufrieden um und riss an der Klinke. Mein Grinsen purzelte aus meinem Gesicht, wie der Spiegel an der Innenseite der Tür bezeugte. Ich machte eine recht drollige Fratze, zugegeben, aber das ärgerte mich nur noch mehr. Ich riss erneut an der Klinke, mit demselben Ergebnis: die Tür blieb geschlossen.

Ich rüttelte, zerrte, besah mir das Schloss, aber letztlich bewegte sich nichts. Die Tür zu meinem schmalen Kämmerchen blieb geschlossen.

»Mist!« Ich presste mein Ohr an das kratzige Holz. Nichts, trotzdem klopfte ich und rief um Hilfe. Es gingen einige Türen von dem schummrigen Flur ab, also war durchaus anzunehmen, dass nicht nur Sina und ich hier oben untergebracht waren. »Hallo!«, schrie ich, so laut ich konnte und lauschte dann angestrengt. Nichts. Ich drehte mich in den Raum. Sina. Ich schüttete meine Tasche auf dem Bett aus und wühlte nach meinem Telefon, um verdutzt zu stocken, denn es war nicht unter meinem Krimskrams. Erneut durchstöberte ich den Inhalt meiner Handtasche, fand das Ladekabel, die Ohrhörer sogar die Powerbank, aber nicht mein Handy selbst. Ich stockte. Wann hatte ich mein Telefon zuletzt in der Hand gehabt? Im Auto.

Ich schloss die Augen. Ich hatte das schmiedeeiserne Tor zur Auffahrt nach Farquhar öffnen müssen und mein Handy dazu natürlich zur Seite gelegt. Auf den Sitz genaugenommen, wo es mit ziemlicher Sicherheit immer noch lag. Hervorragend! Ich sah zur Seite. Das Zimmer bestach durch ein Guckloch, rund und spinnwebenverhangen. Ich machte ein Bild von seinem gegenwärtigen Zustand, denn es schrie geradezu danach, in meinem Blog aufzutauchen. Kategorie: schauderhafte Plätze. Da ich schon dabei war, nahm ich mir die Zeit, auch den Rest des Interieurs aufzunehmen, bevor ich mich wieder meinem Problem zuwandte. Immerhin wesentlich ruhiger. Angeekelt entfernte ich mit einem Stück Papier die Spinnweben und schrie spitz auf, als die Bewohnerin mir entgegensprang. Ich schleuderte das Papier zur Seite, nicht sicher, ob ich noch etwas darauf herumstapfen sollte. Nicht, dass mir das achtbeinige Monster noch einmal über den Weg lief. Jedoch wäre sie sicherlich auch ein interessantes Model. Nur um den Charakter dieser Bruchbude in ihrer Vollkommenheit abzubilden. Der bitterböse Gedanke ließ mich auflachen und zog mich weit genug aus meinem Selbstmitleid, um mich weiter mit meiner Befreiung zu beschäftigen.

Seufzend widmete ich mich dem Fenster, das sich zumindest öffnen ließ und sah für vielleicht eine Sekunde hinaus, dann schwindelte mir. Ich schloss die Augen und stützte mich an der Wand ab. Die Tapete fühlte sich rau und klamm unter meiner Hand an und ich riss die Lider wieder auf und die Hand weg. Wie widerlich!

Ich wich zurück. Zwar war das Fenster groß genug, um hinauszuklettern, aber das war sicherlich keine Option. Eher hirnrissig tödlich. Selbst, wenn ein Fenster der Nachbarzimmer offen stünde, könnte ich es nicht erreichen. Ich plumpste auf das Bett. Gefangen in einem modrigen Horrorkabinett! Ich ließ mich zurückfallen und starrte an die niedrige Decke. Womit hatte ich das nur verdient?

***

Ich wartete geduldig. Nun, zumindest, wenn ich nicht gerade lauthals schrie und gegen die Tür bollerte, bis ich keine Luft mehr bekam. Ich begann mich zu fragen, was Sina trieb, besonders da es langsam dunkler wurde. Ich saß sicherlich bereits Stunden hier fest und sie suchte mich nicht? Da hatte ich ja eine ausgesucht tolle Freundin!

»Hilfe!« Es waren doch sicherlich nicht nur Sina und ich hier untergebracht worden. Oder vielleicht doch? Zweifel nagten an mir. Es war ein großes Haus mit unzähligen Räumen und wie viele konnten davon belegt sein? Mal abgesehen davon, dass ich nicht einmal sicher wusste, wie viele Menschen sich überhaupt im Haus aufhielten.

Mittlerweile nahe einer Panik – nicht nur Höhen reizten meine Fantasie zu ausgeprägten Horrorszenarien, sondern auch enge und verschlossene Räume – trat ich gegen die Tür, bis mir die Zehen schmerzten, und schrie schließlich unartikuliert. Warum zum Teufel passierte mir das?

Karma. Ich wandte mich ab, kurz davor, es mit brachialer Gewalt zu probieren. Ich wollte hier endlich raus. Ich sah mich um, aber es gab nicht einmal einen Stuhl. Nur das Bett. Der Schrank war in die Wand eingelassen. Ich saß in der Falle.

Keine Panik, früher oder später fällt meine Abwesenheit auf. Vermutlich positiv, so wie ich mich heute aufgeführt habe, aber sie fällt auf und dann sucht man nach mir und findet mich auch. Kein Grund zu wildem Aktionismus.

Trotzdem schlug ich erneut gegen das Holz und fluchte. Die Tür ratterte. Oh Gott sei Dank! Ich lehnte mich dagegen und presste die Wange an die kratzige Oberfläche. »Sie klemmt. Ich komme nicht raus!«

Tja. Im nächsten Moment stand mir Mr Wortkarg gegenüber. »Offen.«

Er ließ mich stehen und ich haderte. Aber letztlich bestand die Gefahr, mich immer wieder hier einzuschließen, also folgte ich ihm in den Flur und sah zu, wie er die Tür gegenüber öffnete. Na toll. Ich räusperte mich, deutlich das Gefühl, dass mir wieder jedes Wort quer im Hals hängen bliebe.

»Mr Kendrick, wen spreche ich an, um ein anderes Zimmer zu bekommen?«

Seine Tür schlug zu. »Verdammt!« Ich biss die Zähne zusammen. Was nun? Mrs Collum? Ich hatte wahrlich keine Lust, das Haus nach ihr abzusuchen. Oder nach Sina, dem untreuen Huhn. Ich trat wieder in mein unerwünschtes Zimmer, stemmte die Hände in den Hüften ab und sah mich um. Ich steckte hier womöglich immer wieder fest. Vielleicht in der Nacht, wenn ich dringend das stille Örtchen aufsuchen musste. Unhaltbar! Ich schnappte mir mein Equipment und füllte schnell meine Handtasche. Als ich mich aufrichtete, schrie ich auf. Meine Tasche purzelte wieder auf das Bett und ich presste meine Hand auf die Brust. »Herrje!« Ich schloss kurz die Augen, um mich zu beruhigen, und begann bereits: »Verdammt noch mal, warum schleichen Sie sich so an!« Gut, der Zug war abgefahren. Nachdem ich ihn nach meiner Rettung wieder anmotzte, konnte ich mir jeden Dank und jede Bitte um Vergebung ohnehin sparen. Wie hieß es so schön? *War der Ruf erst ruiniert, lebt es sich ganz ungeniert.*

Kendricks Augen waren verengt, als er mich musterte, vermutlich sollte ich mich daran gewöhnen, so von ihm betrachtet zu werden. Er deutete aus dem Raum. »Sie wollten ein anderes Zimmer! Herrgott!« Er ließ mich stehen und knallte die Tür ins Schloss.

Ich schrie auf und eilte hinterher. Wie vermutet, ließ sie sich nicht öffnen und ich gurgelte verzweifelt. Das durfte nicht wahr sein. Gerettet und wieder eingeschlossen in weniger als fünf Minuten, gab es einen größeren Pechvogel als mich? »Lassen Sie mich raus! Bitte!«

Er öffnete erneut mühelos die Tür. Ich gaffte ihn an. Das war doch ein Witz. Ich griff nach der Klinke und schob ihn hinaus, um die Tür zu schließen. Öffnen konnte ich sie aber auch von außen nicht.

Kendrick fasste an mir vorbei, drehte den Knauf und stieß sie auf. Problemlos. Ich atmete tief ein.

»Ich brauche ein anderes Zimmer«, stellte ich betont neutral fest. Meine Einschätzung war richtig, mit diesem Zimmer wäre ich ständig eingeschlossen. »An wen kann ich mich da wenden?« Freundlich klang ich trotz meiner redlichen Bemühungen nicht.

»Nehmen Sie das.«

Ich folgte seinem Fingerzeig. Sein Quartier. Oh. »Ihres?«

»Die Auswahl ist derzeit bescheiden, Miss Hillebick.«

»Hildebrecht«, korrigierte ich automatisch. Kaum jemand in England sprach meinen Namen richtig aus, selbst nach mehrmaliger Wiederholung und eigentlich hatte ich es aufgegeben, jeden zu korrigieren und bot generell an, zum Vornamen zu wechseln. Die

Vorstellung, von ihm Liny genannt zu werden, weckte ein verstörendes Prickeln.

»Wollen Sie es, oder nicht?«

Ich atmete tief ein. »Ja.« Ich schliefe sogar im Keller mit weiteren achtbeinigen Mitbewohnern, wenn ich nur kommen und gehen konnte, wie ich wollte. »Danke sehr.« Ich senkte den Blick, plötzlich unangenehm nervös. Kendrick ließ mich stehen. Er schleppte seine Tasche herein und ließ sie polternd fallen, auf das Blatt Papier, mit dem ich meine Mitbewohnerin vertrieben hatte. Nun, sein Karma.

Ich schnappte mir meine Ausrüstung, meine Handtasche und versuchte, auch meinen Reisekoffer hinter mir her zu ziehen, eckte aber an der Tür an und er kippte. Ich hatte Mühe, ihn wieder aufzurichten und bollerte mit meinen Koffer über den Flur. Ich schleuderte ihn in den Raum, der zumindest frei von Staub und Spinnweben war. Ich drehte mich und stand ihm schon wieder gegenüber. Zwei Wochen Tür an Tür mit ihm? Na vielen Dank auch, Schicksal!

Kapitel 2

Schatzsuche

Der erste Morgen auf Farquhar begann besser als erwartet. Keine nächtlichen Besuche diverser Insekten und fester Schlaf hatten meine Laune auf ein ungewohnt hohes Niveau gehoben. Ich kam ungehindert aus der Tür, fand das Speisezimmer ohne Probleme wieder und war auch ganz allein mit mir, so wie ich es bevorzugte. Während meines Frühstücks ging ich die Wünsche der Braut durch und konnte sie sogar mit Humor nehmen.

Das Haus ist groß und es hat bestimmt seinen Charme.

Es half, mir dies wieder und wieder vorzubeten, auch bei der zweiten Besichtigung des kleinen Schlosses. Zwanzig Schlafzimmer und nicht eines war bezugsfähig. Ich durchschritt ebenso viele Gesellschaftsräume, Salons, Musikzimmer und Ateliers.

Schließlich öffnete ich am Ende des Hauptganges im ersten Stock eine breite Flügeltür. Ein Saal erwartete mich. Ich trat ein und wurde geblendet – die Hand erhoben, blinzelte ich und stieß den Atem aus. *Wow.* Sonnenstrahlen schnitten durch Staubschwaden, aber es tat dem Anblick keinen Abbruch. Es war ein majestätischer Raum, oder er könnte es sein, wenn er nur nicht ganz so unbeachtet bleiben würde wie bisher.

Spinnweben hingen von den drei großen goldenen Lüstern und wirkten dabei wie schmucklose

Girlanden. An der langen Seite hingen zwei überlebens-
große Gemälde von hübschen, jungen Damen von anno
dazumal. Ihr Lächeln strahlte mit der Sonne um die
Wette und erinnerte mich an ein anderes Bild. Die
Frau, die ich am Vortag bewundert hatte. Die Rahmen
waren ebenfalls vergoldet und kunstvoll verziert. Zwischen den Gemälden und jeweils zur freien Seite hingen breite, bestickte Teppiche, die zwar dringend einen
Staubklopfer benötigten, aber in ihrer detaillierten Art
sogar eingestaubt bewundernswert waren. Ich stand
auf einer Art Empore und eine geschwungene Treppe
führte hinab in den Saal. Auf der gegenüberliegenden
Seite wiederholte sich der Aufbau und man konnte
beide Treppen über die schmalen Gänge an beiden Seiten des Saals erreichen. Sicherlich war es ein toller Ort,
um den Abend zu verbringen, wenn die Tanzfläche unten vollgestopft war mit Gästen, die sich im sanften
Klang vornehmer Musik im Kreis drehten. Bestimmt
ließen sich die Fenster auf der linken Seite des Saals auf
dieser Höhe mühelos öffnen und man stand im angenehmen Durchwind, während sich unten die Hitze
staute. Obwohl sich hinter den zugezogenen Vorhän-
gen wohl auch Fenster versteckten. Verandatüren vermutlich, schließlich brauchte ein so großer Raum mehr
Durchlüftung, als die Fenster hier oben erreichen
konnten. Kein Wunder, dass die feinen Herrschaften
Riechsalz dabei hatten, wenn sie auf einen Ball gingen.
Bei dem zu erwarteten Gedränge, und der schlechten
Luftzufuhr, war es wohl an der Tagesordnung, dass die
Damen umkippten.
Die Erinnerung an eine Szene meines Lieblings-Zei-
chentrickfilm überrollte mich und ich fühlte mich auf

einmal wie Anastasia, die im heruntergekommenen Sommerpalast in einem Tagtraum schwelgte. Ich liebte den Film. Anastasia war so herrlich frech, manche mochten sie zickig nennen, aber ich fand, dass sie sich schlicht nichts gefallen ließ – auch nicht von Dimitri.

Grinsend und mir bewusst, wie verdammt albern es war, streckte ich geziert die Hand nach der Reling aus und schwebte so gut es mir möglich war die Treppe hinunter, um dann tiefer in den Raum zu trippeln und in einen Knicks zu versinken. Oder in etwas, was einem Knicks vermutlich nicht einmal nahe kam, kannte ich derartige Gepflogenheiten nur aus dem Fernsehen und hatte es nie zuvor selbst probiert. Ich hob die Hand und erhob mich wenig grazil, schließlich war mein Tanzpartner nur eingebildet. Das erklärte nicht meine peinliche Performance, die mit einem Walzer sicherlich nicht viel gemein hatte, aber mehr als Foxtrott hatte ich nie gelernt. Ich drehte mich, bis mir ganz schwindlig wurde und ging dann kichernd zu Boden. Staub wirbelte auf und ließ mich husten. Mit jedem Atemzug wurde der Reiz stärker und mein Husten fester. Ich rappelte mich auf, aber es half nichts. Die eine Seite des Saals war eine Fensterfront, auf die stolperte ich zu, mich krümmend vor Atemnot. Die schweren, zugezogenen Vorhänge entließen noch mehr Staub und machten es mir fast unmöglich, auch Sauerstoff einzuatmen. Ich zerrte am Vorhang, der sich nicht lüftete und krümmte mich vor Atemnot.

Zu allem Überfluss ging im nächsten Moment nicht nur Staub auf mich nieder, sondern gleich die ganze Länge Samt. Ich wurde förmlich unter dem Vorhang begraben und schrie erschrocken auf. Na ja, es wäre ein

Schrei geworden, wenn ich dazu Luft gehabt hätte. Ich konnte mich nicht regen und geriet in Panik. Ich konnte so schon nicht atmen, jetzt war ich auch noch eingeschlossen und niemand wusste, wo ich war. Der Gedanke gab mir Kraft. Ich kickte und schlug um mich.

»Daingead, still halten!«

Süße Erleichterung schoss durch meine Adern. Kendrick, ich erkannte ihn tatsächlich bereits nach drei kurzen Worten an der Stimme!

Er war ein großer, starker Mann und sollte mich schnell befreit haben, trotzdem konnte ich nicht lange ruhig halten. Ich kämpfte immer noch mit meiner Atemnot und nun auch mit der Panik.

»Still! Ich muss den Zugang finden.«

»Luft«, keuchte ich. Der Vorhang glitt endlich von mir und ich schob mich mit letzter Kraft selbst hervor. »Stickig.«

Er hob mich auf seine Arme. Ich war zu erschrocken, um zu protestieren und, na ja, es war wohl der schnellste Weg hinaus. Ein kühler Hauch wehte über mein Gesicht und ich konnte endlich frische Luft in die Lungen saugen. Ich hustete wieder.

Kendrick setzte mich ab und ich krümmte mich. Er hielt mich aufrecht und riet mir zu atmen. Ich hing an seiner Brust. Meine Finger in seinem Flanellhemd vergraben und an meinem Ohr der Klang seines Herzschlags. Es wurde besser. Mit jedem Versuch bekam ich mehr Sauerstoff in die Lungen gesogen und sackte beruhigt zusammen. Er roch gut. Ich schloss die Augen.

Meine Sinne nahmen nach und nach ihren Dienst wieder auf, nicht nur mein Riechorgan. Seine Hand lag auf meinem Bauch, eigentlich ein Stück höher. Bei jedem Atemzug schrappte mein Busen an seinem Arm entlang. Das schreckte mich auf. Ich stieß mich von ihm ab und landete in meiner Hast auf dem Boden.

»Miss Hildebrick ...« Er legte seine Hand auf meinen Rücken, als er sich zu mir kniete. Ich rutschte zur Seite weg und rappelte mich auf.

»Geht«, krächzte ich. Er rieb über seine Oberschenkel, was meinen Blick einfing. Schnell sah ich weg.

»Sie haben den Ballsaal verwüstet.«

Ich lachte auf, erschrocken über den Vorwurf und noch abgelenkt von seiner Berührung. Es fühlte sich an, als lägen seine Finger immer noch knapp unter meiner Brust. »Ich bitte Sie, da war Hopfen und Malz bereits verloren, bevor ich meinen Fuß reinsetzte!«

»Nay, nur etwas verstaubt.«

Ich schnaubte. »Mr Kendrick ...« Seine düstere Miene ließ mich abbrechen. Es brachte wohl nichts, schließlich hatte er keinen objektiven Blick auf seine Umgebung. Also klappte ich den Mund wieder zu.

»Es sind bereits Arbeiten in Auftrag gegeben. In ein paar Tagen ...« Er ließ es so stehen.

Ich schlang die Arme um mich und räusperte mich. »Also ... Danke.«

»Es sollte Zeit für den Lunch sein.« Er deutete zum Haus. »Ich bringe Sie zu Ihrem Zimmer.«

»Ich finde den Weg.« Schnell stakste ich los, zwar war ich wieder einmal rüde, aber ich wollte weg von ihm. Es war ein schon übermächtiger Drang, einfach Platz zwischen uns zu schaffen. Viel Platz. Ein Schauer rollte über meinen Rücken und ich zog die Schultern hoch. Ich warf einen Blick zurück, um meinen stillen Verdacht bestätigt zu sehen: Er sah mir nach, mit einer

Miene, die nicht sonderlich wohlwollend wirkte. Besser ich ging ihm aus dem Weg. Umso seltener ich mich mit ihm beschäftigen musste, umso besser war es für mein Seelenheil – ganz sicher!

***

Auch der zweite Tag begann mit einer Erkundung. Ich war allerdings nicht mehr so frohgelaunt, wie am vorherigen Morgen. Ich hatte einen ziemlich guten Überblick und war recht ernüchtert. Wir befanden uns auf einem alten, imposanten Herrenhaus mitten in der Einöde Schottlands – in der Vorstellung mochte es durchaus wie ein kleiner Traum klingen – es war aber ein Alptraum. Ich wich einem Trupp Bauarbeitern aus und sah ihnen nach. Meiner Meinung nach war es unmöglich, in zwei Wochen aus diesem baufälligen Gebäude eine Traumlokation zu machen, wie sie die Braut offensichtlich erwartete. Hatte sie irgendeine Vorstellung davon, wie es hier momentan aussah?

Eine weitere Horde Männer in Arbeitsoveralls trampelte an mir vorbei. Wie sollte ich bei dem Terror arbeiten?

Arbeiten? Ich habe nichts! Absolut gar nichts, womit ich arbeiten könnte und nicht einmal den Hauch einer Idee, was ich tun soll, um das Ruder noch einmal rumzureißen.

Ich verließ das Haus. Der Gedanke, frische Luft zu schnappen, endete vor dem verschlossenen Törchen zum versteckten Garten. Wunderte ich mich, dass ich ausgerechnet hier gelandet war? Ich hob meine

Kamera an und schoss eine Serie von der Umgebung, inklusive zugewachsener Tür. Es war einfach zu verlockend. Ich schob das Objektiv vorsichtig zwischen das herzförmige Gitter und fotografierte. Es waren sehr starre Bilder und ich kaute auf meiner Lippe herum. Ein versteckter Garten, eine verschlossene Tür, ein dunkles Geheimnis?

Aufregung raste durch meine Adern und ich sah mich schnell um. Der Eingang war nicht zu sehen und es war nichts weiter zu vernehmen als das Summen der Bienen und das Zwitschern von Vögelchen. Ideal. Ich hob die Hand und legte sie auf die Klinke. Das kühle Metall verstärkte die Sensation und erweckte eine kleine Gänsehaut.

Gib auf, es ist abgeschlossen und es gibt sonst keinen Weg hinein.

Die Mauer war von Efeu umrankt. Ich ließ die Finger abwandern und strich über die Pflanze, zog an einer dicken Ranke, sie schien stabil zu sein und dahinter bröckelte der Backstein etwas ab. Genug, um die Zehenspitzen meiner Turnschuhe hineinzubohren und so die Mauer zu erklimmen? Wieder sah ich mich um. Sollte ich es wagen?

Ein Blick nach oben raubte mir fast die Entschlossenheit. Die Mauer war gute zwei Meter hoch. Vermutlich keine unüberwindbare Höhe, wenn man nicht bereits Schwindelanfälle bekam, wenn man nur aus dem ersten Stock hinunter sah.

Ich bin so ein erbärmlicher Angsthase. Was soll passieren? Ich breche mir sicher nicht den Hals, wenn ich von der Mauer falle. Und wer sagt, dass ich überhaupt fallen werde?

Ich zog erneut an der Ranke. Wäre sie stark genug, um mich zu halten? Meine Spiegelreflex schob ich nach hinten, bevor ich nach einer Schlaufe griff, und meinen Fuß auf einer Ranke platzierte. Der Atem stockte automatisch, als ich mich hochzog und den zweiten Fuß etwas höher abstellte, wobei ich spielend leicht eine Lücke im Mauerwerk fand, um meine Zehen abzusetzen. Überraschenderweise funktionierte es recht gut und flugs saß ich auf der Mauer. Da jedoch bereute ich mein Vorhaben. Mir wurde schummrig und ich schloss die Augen. Die Mauer war sicherlich keine zwei Meter hoch und doch drehte sich alles vor meinem inneren Auge. Ich klammerte mich an die Pflanze.

Ruhig, ganz ruhig.

Es half nicht viel. Ich wollte runter, wagte aber nicht, mich zu bewegen. Meine Finger krampften, ebenso wie mein Magen.

»Hey!«

Ich erschrak und verlor das Gleichgewicht, landete hart auf dem Boden und stöhnte. Schmerz explodierte in meinem Körper und einen Moment fühlte ich mich bewegungsunfähig. Selbst ein weiteres Stöhnen kam mir nicht über die Lippen. Dann rollte ich mich herum. Es funktionierte ganz gut, trotzdem presste ich die Lider aufeinander und keuchte vor Schmerz. Verdammt. Und ich war ganz allein schuld daran! Ich bemühte mich, gleichmäßig zu atmen.

»Ich rufe die Ambulanz, bleiben Sie ganz ruhig liegen.«

Ein Schauder wusch über mich, als die Wärme seiner Hand durch mein Shirt drang und nahm mir erneut den Atem. »Es geht schon wieder.« Ich schob seine

Hand weg. Wie peinlich, dass ausgerechnet er mich erwischt hatte und sich nun um mich kümmerte. Wahrscheinlich war er kurz davor, mir den Hals umzudrehen.

»Sie bleiben liegen!« Dann nahm ihn das Gespräch mit dem Rettungsdienst in Anspruch.

Ich blinzelte. Der Schmerz ließ langsam nach und ich nahm wieder etwas anderes wahr, als ihn. Das Kitzeln des wuchernden Rasens an meiner Wange. Der Duft nach wilden Rosen. Ich öffnete die Augen und erstarrte. Direkt vor meinem Gesicht wuchs ein äußerst dorniger Strauch gelber Rosen. Schön. Ein Lächeln schlich sich auf meine Lippen. Wild, aber schön.

»Es dauert eine Weile«, informierte mich Kendrick, um mich dann anzuherrschen: »Was zum Teufel haben Sie sich dabei gedacht?!«

Ich stöhnte abgelenkt. Herrlich, ein Streit in meiner Verfassung. »Ich brauche romantische, bunte Bilder.« Apropos Bilder. »Wo ist meine Kamera?« Es wäre zwar kein Desaster, wenn sie bei meinem Sturz zu Bruch gegangen wäre, schließlich war es meine Testkamera, aber blöd wäre es schon. Allein die Bilder, die ich bereits geschossen hatte.

Dumpfbacke, die Speicherkarte ist sicher, selbst wenn die Kamera Schrott ist!

Beruhigt konzentrierte ich mich auf meinen Körper. Konnte man sich den Rücken brechen? Ich biss die Zähne zusammen und versuchte, die Zehen zu bewegen. Erleichtert stieß ich den Atem aus.

»Die hier?« Er hob meine Spiegelreflex an. Ich blinzelte und war doppelt beruhigt. Auch mein Arbeitsgerät schien nicht ernsthaft beschädigt zu sein. Kendrick drehte es und fummelte an ihr herum. Ich befeuchtete meine Lippen und wollte ihn bitten, vorsichtig zu sein.

»Ups. Ich hoffe, Sie hatten Kopien.«

Mir klappte der Mund auf. »Nein, Sie verdammter ...!« Nur gut, dass ich beim Verunglimpfen meist in meine Muttersprache zurückfiel. Er hätte mich hier sonst sicherlich einfach liegen lassen, damit ich verrottete!

Sein Blick durchbohrte mich, als hätte er mich durchaus verstanden, was natürlich Quatsch war. Trotzdem hielt ich es für möglich, dass er einfach ging. Was erwartete er? Dass ich mich dafür entschuldigte, den Garten auch ohne seine Einwilligung zu betreten? Was ich natürlich müsste, besonders, da er mich ja auf frischer Tat ertappt hatte – genaugenommen bei einer Straftat.

Verflixt, was habe ich mir nur dabei gedacht!

»Sie haben hier nichts verloren!« Er klang erzürnt. »Sie werden diesen Garten nicht wieder betreten, sonst sorge ich für Ihre Entlassung! Haben wir uns verstanden?!«

Mir klappte der Mund auf. Er drohte mir! Ich schlug seine Hand fort, die mich immer noch niederhielt. Schön, ich hätte nicht versuchen dürfen, über die Mauer zu klettern, aber das war doch unverschämt.

»Dieser Garten ist Privateigentum, Sie dürfen sich hier nicht aufhalten!«

»Ich muss ...«

»Nay!«

Ich klappte mühsam den Mund wieder zu. Es war sinnlos. Er verstand wohl nicht, dass es hier ohnehin um meinen Job ging. Wenn ich den Auftrag versaute, wäre George sehr aufgebracht und ich wäre nicht die erste, die wegen Nichtigkeiten gefeuert wurde. George hatte einen regen Durchlauf an Mitarbeiterinnen und im Durchschnitt war niemand länger als zwei Jahre bei ihm.

Da ich das aber nicht mit Kendrick diskutieren wollte, wandte ich den Kopf ab und schloss die Lider, den Rosenbusch vor Augen.

»Es ist eine weite Strecke bis zum nächstgelegenen Krankenhaus. Es wird also noch etwas dauern, bis Hilfe hier ist.«

Ich kniff die Lippen zusammen.

»Bleiben Sie ruhig liegen, ich sage im Haus Bescheid, damit man den Krankenwagen einweist.«

Ich riss die Augen wieder auf. Er wollte mich hier allein lassen?

»Warten Sie!«

Er legte mir die Hand auf die Schulter, als müsste ich tatsächlich auf dem Boden gehalten werden, sah auf mich herab, direkt in meine Augen. Seine sanften Worte bekam ich gar nicht richtig mit. Er nickte und stand auf. Ich starrte in den Himmel. Vögel zwitscherten und Blätter raschelten im leichten Wind. Die Sonne brach durch die Wolkendecke und blendete mich. Die warmen Strahlen streichelten meine Wange und ich schloss ruhig die Augen.

Ich hatte es wohl verdient, allein gelassen zu werden und irgendwie war es gar nicht mehr so schlimm. Ein Duft nach Rosen hing in der Luft, die Sonne wärmte mich und zum ersten Mal seit Ewigkeiten hatte ich nicht das Gefühl, aufstehen zu müssen. Weitermachen zu müssen. Voran zu kommen.

Ich lauschte dem Summen einer Biene. Wann hatte ich zuletzt das Summen von Insekten vernommen?

Oder den Duft von Rosen? Wann hatte ich zuletzt Sonnenstrahlen auf der Haut gespürt?

***

»Na du.« Ich sah auf und Sina setzte sich zu mir. »Wie geht's?«

Eigentlich eine unnötige Frage, schließlich war ich erst seit zwei Tagen wieder im Haus, nachdem ich zuvor zwei Nächte im Krankenhaus von Inverness verbracht hatte. Zumindest konnte man beruhigt davon ausgehen, dass mein Rücken weder gebrochen, noch in irgendeiner Weise ernstlich verletzt worden war. Zum Glück, ich hatte keine Zeit und auch keine Muße, um mich auszuruhen. Mal abgesehen davon, dass mir die zwei Nächte schon genügend Kopfzerbrechen bereitet hatten. Wie würde mir Kendrick nun, da er wusste, dass ich mich ihm widersetzte, begegnen? Wie sollte ich sein Vertrauen zurückerlangen, schließlich konnte ich es mir nicht leisten, dass er mir womöglich folgte, damit der Garten auch Tabu für mich blieb? Zugegeben, meine Gedanken kreisten zu häufig um Dinge, die eigentlich ziemlich nebensächlich waren, denn das eigentliche Problem war, Wunsch versus Realität. Ich seufzte also unterdrückt und zuckte die Achseln. »Gut. Ich war heute Morgen wieder auf Tour, aber ehrlich: Sie wird uns in der Luft zerreißen.« Ich presste die Lippen aufeinander und reckte vorsichtig die Schultern. Zu langes Verweilen in einer Position hatte immer Schmerzen zur Folge, meist in der Nacht und das wollte ich tunlichst vermeiden.

»So schlimm wird es doch nicht sein«, behauptete Sina und ich nannte sie eine Träumerin. Ich drehte meinen Laptop um, damit sie sich das Desaster selbst ansehen konnte.

»Der Zustand des Hauses ist gelinde gesagt ein Alptraum.«

Sinas Lippen pressten sich nach einigen weiteren Aufnahmen zusammen und bei der Hälfte hob sie den Blick. »Scheiße.«

»Mein Reden.« Ich zuckte die Achseln. »Die Prunkräume werden in der nächsten Woche fertiggestellt sein, aber ...« Das würde das Gesamtbild nicht groß ändern. »Ich versuche es morgen mit einigen Totalen vom Haus und der Landschaft.« Ich seufzte schwer. Landschaft, was hier so viel wie Wiese, Disteln und Geröll bedeutete!

»Solltest du denn dein ganzes Zeug durch die Gegend schleppen? Was ist mit deinem Rücken?« Sina runzelte besorgt die Stirn. »Ich fürchte, ich habe nicht viel Zeit, um dir zu helfen. Soll ich Kendrick bitten, dich zu begleiten?«

»Auf keinem Fall! Mann, allein wie er mich ansieht, jagt mir jedes Mal von Neuem eine Gänsehaut über den Körper.« Mein erschreckter Ausruf ließ sie lachen, dabei meinte ich es doch todernst. Das war deutlich ein Nachteil vom Schwarzmalen, wenn man eine schlechte Wertung ernst meinte, glaubte das Umfeld, man meinte es wie gewohnt übertrieben negativ.

»Oje! Du bist ein hoffnungsloser Fall, hm?« Sie schüttelte ihre gefärbten rostroten Locken, die meinen Blick einfingen. Sie leuchteten im Schein der Sonne wie Feuer. »Gänsehaut ist doch prima.«

Ich verdrehte die Augen, weil sie es natürlich wieder falsch aufnahm. »Sina, nicht in positiver Art und Weise.«

Sie schnalzte und boxte mir gespielt auf den Oberarm. »Du übertreibst maßlos, aber das weißt du auch. Er ist ganz nett, wenn man ihm die Chance dazu lässt.«

»Schnapp ihn dir, wenn du so begeistert von ihm bist. Nur: genieße und schweig!«

Sina lachte auf. »Du bist unmöglich!«

Ich zuckte die Achseln. Da ich nicht über Kendrick sprechen wollte, lenkte ich ab. »Ich nehme nur eine Kamera für Testschüsse mit. Ich brauche erst einen Eindruck von den Möglichkeiten. Hast du schon eine Antwort zu dem Garten?« Ich spannte mich an, was sich besonders in meinem Rücken bemerkbar machte. Zischend biss ich die Zähne zusammen.

Sina schüttelte den Kopf. »George hat noch nichts von der Braut gehört.«

»Macht es dir etwas aus, wenn ich ihn selbst anschreibe? Vielleicht helfen der Braut einige Aufnahmen. Wenn ihr klar wird, wie trostlos das Video sonst wird, wird sie sicherlich jede Weisung geben.« Auch die, Kendricks Verbot aufzuheben. Verflixt, es war ja nicht einmal sein Garten!

Sina zuckte die Achseln. »Mach, was du willst. Also, ich gehe dann mal zu Abend essen. Bist du sicher, dass du Mr Kendrick nicht noch etwas zur Weißglut bringen möchtest? Ich glaube, er hat mich viel lieber, wenn du in der Nähe bist.« Sie zwinkerte mir zu und ich schnaubte.

»Ich bin sicher, dass du mich nicht brauchst, um sein Interesse zu wecken.« Ich musterte sie bedeutend, schließlich kleidete sie sich trotz ihrer formellen Art stets sexy und konnte nicht nur mit ihren Locken glänzen, sondern auch mit ihrer Figur, und hob die Brauen. »Wenn er nicht von selbst sieht, was er an dir hätte …«

»Danke.«

Ich meinte es, wie ich es sagte. Sie war eine tolle Person und verdammt hübsch. Wenn sie tatsächlich Interesse an Kendrick hatte, wäre er ein Idiot, sie nicht zu beachten. Aber Sina dabei zuzusehen, wie sie mit Kendrick flirtete, war verdammt hart. Zumal er stets erst einen Blick auf mich warf, bevor er ihr eine Antwort gab. Also nutzte ich meine Verletzung so häufig wie möglich, um den gemeinsamen Mahlzeiten zu entgehen.

Sina lachte auf. »Er ist süß.«

»Findest du? Was zieht dich an? Die animalische Behaarung?« Für mich persönlich gab es zu viel Haar an ihm. Ich mochte keine Bärte, egal in welcher Ausprägung und ich ginge jede Wette ein, dass er auch sonst nicht rasiert war.

Wieder lachte sie auf und schlug nach mir. »Ach, komm. Das ist doch sexy! Stell dir vor, wie deine Finger durch sein volles Brusthaar gleiten.« Ihre Augen funkelten herausfordernd und ich gab ihr einen sanften Schubs. Veräppeln konnte ich mich alleine, aber das sagte ich ihr nicht. Dummerweise hatte ich aber das Bild vor Augen, wie sich meine Hände durch durchaus volles Haar schoben. Verflixt!

»Verschwinde.«

»Komm mit runter. Gönn dir eine Pause.«

Ich zögerte, aber letztlich wollte ich Kendrick möglichst nicht über den Weg laufen. »Nein, ich gehe früh ins Bett und möchte noch etwas ausprobieren.«

»Du musst essen.«

»Ich hole mir später etwas.« Ich lächelte gezwungen, noch damit beschäftigt, den verdammten Gedanken an samtiges Haar zu verdrängen. »Keine Sorge, ich verhungere nicht.«

»Du kannst ihn echt nicht ausstehen, was?« Sina legte den Kopf zur Seite und sah mich durchdringend an. »Du bist mir ein Rätsel.«

»Weil ich kein Interesse an dem Kerl habe, der mir nur zusätzliche Probleme bereitet?« Ich schnaubte. »Er ist nicht mein Typ.«

»Woher weißt du das?«

Ich bedachte sie mit einem strafenden Augenaufschlag. »Das spürt man. Er ist nicht mein Typ und ich bin nicht seiner.«

Ach nein? Dann träume ich nur davon, im falschen Bett aufzuwachen, um …?

Ich rief mich zur Ordnung. Ich sollte mehr arbeiten, damit meine Gedanken aufhörten, wild durch die Gegend zu springen. Haare, Betten, bloße Oberkörper, wenn das so weiterging, war ich unter Garantie zum Abschluss dieses Auftrages arbeitslos – wegen schlichter Inkompetenz gefeuert.

»Ich glaube, du brauchst dringend etwas Abwechslung, Liny.« Sina streckte die Hand nach mir aus und rieb meinen Oberarm. »Und du musst ihn ja nicht gleich heiraten.«

Ich deutete zur Tür. »Raus und schließ die Tür hinter dir.«

»Ich meine ja nur.« Sina rutschte vom Bett. »Es wäre höflich, sich nicht ständig zu verstecken und ich glaube, du hättest echt Chancen, in den Garten zu kommen, wenn du ihn nett bitten würdest.«

Ich kaute auf meiner Lippe. War es so? Ließe sich ein Mann wie Kendrick bezirzen? Womöglich, allerdings war der Zug doch schon längst abgefahren. Wohl schon seit dem Moment auf der Wiese, wenn nicht, dann sicherlich nach meinen unbedachten Worte über den Zustand des Hauses, an dem er echt zu hängen schien. »Es kommt nur leider nie eine Bitte heraus, wenn ich den Mund aufmache.«

»Hm.« Sie lehnte sich gegen das Fußende. »Dann mach kleine Schritte. Nur Lächeln sollte für den Anfang genügen.«

Als wäre das bereits eine kinderleichte Aufgabe. »Ja, aber ...«

»Kein aber, Liny. Lächeln. Punkt. Mund halten. Punkt. Alles easy.« Sie deutete mit dem Kopf zur Tür. »Komm. Machen wir einen guten Eindruck.«

Ich hielt ihrem Blick stand. Sollte ich anmerken, dass es sicherlich in die Hose gehen würde? Seufzend schob ich den Laptop von mir und stand auf. »Ich übernehme keine Verantwortung«, warnte ich. Schließlich wusste man nie, was ein Abend so brachte.

»Lächeln und den Mund halten. Das schaffst du, ich habe vollstes Vertrauen in dich.«

***

Ich spürte es in jeder Faser meines Körpers. Anspannung hauptsächlich, aber da war mehr. Aufregung. Ein Kribbeln, das sich auch durch meine Eingeweide zog.

Meine Knie, mein Hals, mein ganzer Leib war in Aufruhr. Weil ich zum Essen ging?

Weil ich mich nur wieder zum Vollidioten mache, verflixt. Ich lasse meinen Mund niemals geschlossen und zeige ihm doch mit jeder Mikromimik, was ich unbewusst von ihm halte!

Zwecklos, aber für Sina wollte ich es trotzdem versuchen. Es musste doch auch für mich möglich sein, mich professionell zu verhalten. So schwer konnte es doch gar nicht sein. Meine Knie waren Pudding, als wir an der Treppe standen und Kendrick uns entgegenkam. Ich wich schnell aus, um ihm Platz zu machen und strauchelte.

Kann doch nicht sein!

Ich riss die Augen auf und fischte nach dem Handlauf, aber es war Kendrick, der mich abfing.

»Vorsicht.« Sein Grummeln nahm mir den Rest meiner Fassung und ich klammerte mich einen atemlosen Moment an ihn.

»Liny«, hauchte Sina und legte ihre Hand in meinen Rücken. »Mein Gott, einen Moment dachte ich …«

»Ich glaube«, wisperte ich und schob mich zittrig fort vom Fels meiner Brandung – Kendrick, was für eine merkwürdige Feststellung. Meine Beine trugen mich gerade so, dafür versagte meine Stimme. Ich krächzte. Mein Magen verknotete sich. Meine Wangen brannten, ich spürte es und wandte schnell das Gesicht ab. »Ich bleibe besser oben.«

Sina legte den Arm um meine Mitte, um mich zu stützen. »Ist dir schwindelig? Oh Gott, ich hätte dich nicht überreden dürfen.«

»Ich nehme sie«, bot Kendrick an und schob Sina dabei bereits zur Seite.

Sina wegschicken und mein Abendbrot von ihm servieren lassen – was für eine geniale Idee.

Schockiert von meinem frivolen Gedanken – ich hatte es mir bereits bildlich vorgestellt, wobei ich ihn mit freiem Oberkörper imaginierte – wich ich vor ihm zurück. Ich hob die zittrigen Finger. »Mir geht es gut.« Nein, nicht wirklich, aber es wurde sicherlich nicht besser, wenn ich in Gesellschaft blieb. Ich berührte die Wand, legte die Hand an ihr ab und erdete mich.

»Liny.«

»Mir geht es gut.« Ich packte so viel Energie in diese Worte, wie es nur möglich war und hob auch das Kinn, um sie anzulächeln.

Ablenken, nicht leugnen.

»Es ist mein Rücken und der Schreck.«

Sina seufzte, aber ihre Haltung lockerte sich. Ihre Besorgnis schwand, was mir sehr recht war. Kendricks beständiger Blick war schwer zu ignorieren, deswegen rutschte ich schon mal vorsichtig weiter.

»Ich gehe ins Bett. Gute Nacht.« Ich musste ihn ansehen, weil ein Dank mit abgewendeten Augen außerordentlich unhöflich wäre. »Mr Kendrick, ich muss mich bedanken ...«

Ich bekomme es echt nicht hin oder?

Ich schluckte angestrengt und lehnte mich an die Wand in meinem Rücken. Ich atmete ein und verschluckte mich an den nächsten Worten. »Ich wäre gefallen, wenn Sie mich nicht abgefangen hätten. Danke.«

Er hielt meinen Blick. Lange. Bis ich es nicht mehr aushielt und wegsah, dabei schob ich mich schnell weiter und versteckte mich mit klopfendem Herzen hinter meiner Tür, wo ich die Stirn anlehnte und die Augen aufeinander presste. Was war denn los? Mittlerweile erkannte ich mich selbst kaum mehr wieder.

***

Der Wind zerrte an meinem Schal und schlug ihn mir ins Gesicht. Weit und breit dasselbe Bild. Ich drehte mich im Kreis. Offenbar hatte ich ein ernsthaftes Problem, denn ich hatte die Orientierung verloren. Ich hatte Farquhar am Morgen verlassen und nun verdunkelte sich bereits der Himmel. Irritiert sah ich auf und erschrak. Nicht die Nacht nahte, viel schlimmer! Pechschwarze Wolken zogen auf, türmten sich nahezu auf und wirkten, wie ein waberndes Schreckgespinst, das sich mehr und mehr ausbreitete. Tiefschwarze Schlieren durchzogen das Grau und wurden von grellem Licht durchzuckt. Donner rollte über das Land, hallte wieder, gebrochen an dutzenden Gesteinsformationen und übertönte damit mühelos meinen erschreckten Schrei. Unwetter. Hervorragend. Wieder drehte ich mich, aber jede Richtung wies Gräue und grüne Hügel auf. Gestein und Wiese. Ich erschauerte und schloss die Arme um mich. Landschaftsbilder, wie dumm war ich eigentlich?

Ich könnte auch endlich zugeben, dass ich schlicht weglief!

Ich hatte fürchterlich schlecht geschlafen und verflucht miserabel geträumt. Dann war mir Kendrick bereits vor meinem Zimmer über den Weg gelaufen. Nach

51

dem Frühstück, das in angestrengter Stille über die Bühne ging, hatte ich Mrs Collum befragt. Aber ihre Hinweise waren verwirrend. Ich solle mich an der Küste halten, aber Küste hatte ich den ganzen Tag nicht gesehen.

Ein kalter Tropfen platschte mir ins Gesicht. »Oh, nein!« Ich hatte keine Zeit für Selbstbeschimpfungen und späte Reue. Ich lief los, die nächste Anhöhe vor Augen. Von dort aus musste doch etwas anderes zu sehen sein, als Berg und Wiese!

Pustekuchen. Doch das Panorama war gelinde gesagt atemberaubend. Ja, in jeder Richtung sah es gleich aus, aber das tat meiner Bewunderung keinen Abbruch. Das Land vor mir hatte etwas unglaublich Ursprüngliches, Wildes und doch Bezwingendes an sich. Die Hügel, die Schluchten, das Heidegras – Schafe. Ich lachte auf. Gut möglich, dass ich mir die Wolle nur einbildete, schließlich braute sich ein Unwetter zusammen, da ließ man seine Tiere doch nicht auf dem offenen Feld herumlaufen. Oder? Ich schüttelte den Kopf und ließ meinen Blick weiterwandern, denn ich hatte weder Zeit für Bewunderung, noch für wilde Gedankensprünge.

Herzlichen Glückwunsch, ein Unwetter zieht auf und ich habe keinen Plan, wo ich bin!

Weitere Tropfen klatschten auf mich nieder und bevor ich beschließen konnte, wie es weiterging, stand ich begossen wie ein Pudel da. Ich streckte die Arme von mir und sah in den Himmel. Doch nicht im Ernst! Aber leider hörte der Regenguss nicht auf und keine Sonne legte mich ebenso schnell wieder trocken, wie ich durchnässt worden war. Ich ließ den Kopf hängen. Was blieb schon, als einfach weiterzugehen? Immer geradeaus. Irgendwann träfe ich sicherlich auf eine Straße und dann auch auf ein Dorf. Ich trottete los, was blieb mir auch schon übrig?

Christophs höhnischen Kommentar im Ohr, zog ich die Schultern höher. Ein nörgelnder Pessimist sei ich, hatte er mir vorgeworfen, unfähig die positiven Dinge im Leben zu sehen und zu genießen.

Fast ein Jahr, aber seine Stimme wurde ich wohl so schnell nicht los. Das Positive zu sehen, fiel mir schwer, zugegeben, aber verflixt, was sollte es Positives an dieser Situation geben, wo ich doch allein durch den Regen lief, ohne zu wissen, wo ich war, oder hin musste?

Komm schon, zusammenreißen ist jetzt angesagt, jammern bringt dich nicht weiter, egal ob stumm oder lautstark. Und genau deswegen hast du Chris verloren. Weil du jammerst und lamentierst, anstatt dich zu ändern. Weil niemand ein nörgelnden Pessimisten ausstehen kann. Weil niemand ...

Ich stolperte und schaffte es gerade so, auf den Füßen zu bleiben. Mein Herz überschlug sich und ich riss mich zusammen. Jammern brachte nichts. Ich sah mich um, drehte mich um die eigene Achse und konnte nicht fassen, dass sich der Anblick kein bisschen verändert hatte. Lief ich im Kreis?

Hätte ich mal auf Sina gehört und Kendrick um seine Begleitung gebeten.

Ein dummer Gedanke, denn es war undenkbar, Kendrick um irgendetwas zu bitten, oder einen Moment zu viel in seiner Gesellschaft zu verbringen. Allein, weil er mich völlig aus der Bahn warf.

Und Sehnsüchte weckte?

Darüber wollte ich nicht nachdenken.

Weil ich eben ein feiger Jammerlappen bin.

Laut seufzend schob ich meine störenden Gedanken aus dem Fokus. Es war unwichtig und es wäre besser, sich darauf zu konzentrieren, den Weg zurückzufinden.

Der Regen wurde stärker und um mich herum wurde es immer dunkler. Selbst der Horizont war pechschwarz. Oder war es eine Straße? Ich versuchte angestrengt, mehr auszumachen, aber der Starkregen ließ es absolut nicht zu. Ein Blitz durchzog die Schwärze und ein ohrenbetäubendes Krachen ließ mich aufschreien. Gewitter!

Vom Blitz getroffen, das ist doch ein perfektes Ende. Und das Schöne: Niemand wird mich vermissen.

Oh, diese gemeinen, pechschwarzen Gedanken! Sie waren so tief in mir vergraben, dass es schon schmerzte. Ich lief los, auf die Straße zu, keuchte angestrengt und mein Herz schlug laut in meiner Brust. Mist! Warum passierte immer mir so etwas?

Der Boden wurde immer morastiger und ich kämpfte mich nur noch voran, aber immerhin kam ich der Straße immer näher. Der Wind heulte auf, pfiff direkt in mein Ohr, wenn es nicht gerade vor Donner hallte. Plötzlich verlor ich den Kontakt zum Boden. Verblüfft riss ich lediglich die Augen auf.

»Daingead! Bist du taub!«

Ich zuckte zusammen und schrie zugleich auf. Die Stimme war harsch und zunächst erkannte ich sie nicht, also trat ich nach meinem Häscher, der mich fest an sich presste. An einen harten, großen Körper.

»Daingead, halt still!« Sein Atem strich über mein Ohr und in mir machte es Klick. Kendrick!

Langsam wird es peinlich, dass er immer da ist, um mich zu retten oder? Ich sollte mich nun zumindest angemessen bedanken: den Mund halten, umdrehen und küssen.

Klang im ersten Moment durchaus vernünftig, aber leider auch nur im aller ersten.

Schockiert über meine bescheuerte Idee haspelte ich das erste, was mir in den Sinn kam: »Loslassen!«

Er stellte mich ab und ich fuhr herum. Dabei brachte ich Raum zwischen uns, nicht, dass ich nachher noch so übereilt agierte, wie ich quasselte. Sofort wurde ich wieder von den Füßen gerissen.

»Stopp! Herrje, da sind die Klippen!«

Klippen? Mein Herz setzte aus, tja, es folgte meinem Hirn wohl in den Ruhestand, verübeln konnte ich es beiden nicht, bei dem auf und ab und hin und her der letzten Zeit.

»Du läufst in die völlig falsche Richtung. Komm.« Er stellte mich ab und zog mich hinter sich her.

»Hey!« Ich versuchte, mich zu befreien, dann stehen zu bleiben, aber sein Griff war sehr fest. »Hey! Verstehen Sie mich nicht falsch, ich bin froh, dass Sie auf mich gestoßen sind, aber Sie brauchen mich nicht wie ein stures Kind hinter sich herzerren. Mr Kendrick. Mr Kendrick! Jetzt lassen Sie mich los, verdammt.«

»Halt die Luft an, Daingead!« Er riss mich zu sich. »Ich bin klatschnass deinetwegen! Also hör jetzt wenigstens auf, herumzuzetern.« Er stapfte weiter.

Ich war zu baff, um zu reagieren und stolperte hinter ihm her. Zumindest, bis er stehen blieb, sich umdrehte und seine Hände an meine Hüfte legte. Feuer schoss durch meine Adern und von jetzt auf gleich schwand meine durch die kalten, nassen Sachen entstandene Gänsehaut. »Hände weg!« Ich schubste ihn, aber er bewegte sich natürlich keinen Zentimeter. Ich zerrte mir nur mein Gelenk, als es gegen seine felsenfeste Brust schlug.

»Fein, dann klettere selbst! Aber beeil dich, ich will aus dem Gewitter raus, bevor noch was passiert«, grollte er und trat zurück.

»Klettern?« Da erst bemerkte ich, dass wir vor einem Gebäude standen. Meine Augen waren wohl nicht die Besten, wenn es dunkel wurde. Er drehte mir den Rücken zu und hangelte sich hoch. Es sah einfach aus, aber als ich es selbst versuchte, zeigte sich, dass dies eine herbe Fehleinschätzung war, denn das war es nicht, ich fand mit meinen rutschigen Turnschuhen keinen Halt an der Holzwand. Er kam neben mir auf dem Boden auf, griff nach mir und stemmte mich hoch. Seine Hände rutschten an meinen Hintern.

»Zieh dich hoch!«

Ich tat es mit zittrigen Armen, rutschte dann über den Boden und fasste ins Leere. Ich schrie auf und landete im nächsten Moment an einer harten Brust.

Wenn das so weiterging, blieb mir nichts anderen übrig, als zu kündigen, oder das Unvermeidbare zu akzeptieren. Offenbar gab es so etwas wie eine kosmische Verbindung zwischen mir und seiner Brust.

»Was?!«

Ich keuchte, noch verwirrt von meinen albernen Gedanken und dem Schrecken. Mein Herz schlug wild in meiner Brust. Vor Angst, sagte ich mir, ganz sicher nicht, weil ich mich daran gewöhnen könnte, an dieser Brust auszuruhen. »Da ist ein Loch im Boden.«

Ein Blitz erhellte den schummrigen Heuschober.
»Eine Scheune!« Meine Stimme schwankte verräterisch, aber mein Zittern war wohl offenbarend genug. Seine Hände rieben fest über meinen Rücken, als wüsste er, wie sehr ich mich nach seiner Berührung sehnte. Schnell rutschte ich von ihm fort und stieß gegen einen Heuballen.

»Es ist zu weit nach Farquhar und sonst gibt es hier nichts in unmittelbarer Nähe.« Es klang wie eine Verteidigung.

»Das kann doch nicht sein.« Meine Stimme brach und die Kälte legte sich unerbittlich wieder um meine Knochen. Ich bebte unkontrolliert. »Farquhar muss doch ganz in der Nähe sein!« Und wenn nicht, liefe ich lieber die ganze Nacht hindurch, als hier mit ihm herumzusitzen.

Ganz sicher, schließlich wollte ich eben nicht an seiner Brust kleben, durch sein Haar streichen oder ihm in anderer Weise nahe sein.

»Stellst du mich schon wieder infrage?«

Ich sog den Atem ein. Nahm er es so auf? Herrje, es war ganz gleich, was ich wollte, denn selbst wenn ich Interesse an ihm hätte – wie auch immer geartet – er sah mich als ärgerlichen Störenfried.

»Es ist zu weit. Es wäre unnötig riskant weiterzugehen. Immerhin sind wir aus dem Regen raus und hier relativ sicher.«

Sicher fühlte ich mich nicht. Ich zog die Beine an. Meine Jeans war klatschnass. Ich warf ihm einen Blick zu. Er hockte im wenigen Gegenlicht, das von draußen hereinzuckte, wenn es blitzte, sonst hätte ich ihn wohl nicht ausmachen können. Ob er mehr sehen konnte?

Ich lüftete mein Shirt, das mir am Leib klebte.

»Zieh dich aus.«

»Was?« Feuer rollte über meinen Körper.

Nein! Verdammt, wenn er dachte …

»Du bist nass bis auf die Knochen, du wirst dich erkälten.«

Ich starrte ihn an.

»Hör zu, mir macht das hier auch keinen Spaß! Daingead, du wärst über die Klippen gegangen, wenn ich dich nicht rechtzeitig eingeholt hätte, da kann man doch etwas Freundlichkeit als Gegenleistung erwarten!«

Ich schnaubte. Jetzt wurde er ungerecht. »Die Dankbarkeit, die Sie erwarten …« War ich durchaus bereit zu erweisen. Meine Zähne schlugen aufeinander und ich korrigierte mich innerlich. Nein. Nein. Nein.

»Fein, hol dir den Tod!« Er stand auf, kam mir entgegen, ließ mich sitzen und ging tiefer in die Dunkelheit hinein. Stroh raschelte, es klatschte, dann noch einmal. Oh, Mann, er hatte sich doch wohl nicht ausgezogen? Vor meinem inneren Auge tauchte erneut ein Kendrick mit freiem Oberkörper auf und ich presste die Augen zusammen. Verdammt!

»Sollte es dir zu kalt werden, darfst du dich gerne zu mir gesellen«, knirschte er, dann raschelte wieder Stroh.

Ich ignorierte ihn eine Weile und lauschte dem Sturm über mir. Es schien gar nicht wieder aufhören zu wollen. »Sind wir hier sicher?«, fragte ich nach einer Unendlichkeit, wobei sich das Klappern meiner Zähne nicht unterdrücken ließ. »Wenn der Blitz hier einschlägt?« Das ganze trockene Gras brannte sicherlich wie Zunder.

»Er schlägt nicht ein.«

Ich verbiss mir jegliche Klugscheißerei und lauschte weiter dem Unwetter. Ich zitterte fürchterlich und umarmte mich noch fester. »Hört das auch noch mal auf?«

»Aye.«

»Was bedeutet aye?« Es blieb eine Weile still und ich glaubte schon nicht mehr, überhaupt noch etwas von ihm zu hören, als er mich brummig aufforderte: »Komm her. Ich höre bis hier, wie deine Zähne aufeinanderschlagen. So kann ich nicht schlafen!«

»Pah!« Das konnte doch nicht sein Ernst sein. Er wollte hier schlafen?

»Der Sturm kann die ganze Nacht dauern. Also komm jetzt her!«

Mein Magen drehte sich. Die ganze Nacht? Ich fror jetzt bereits wahnsinnig, mal abgesehen von meiner Nervosität, die zusätzlich auch noch meine Sinne schärfte. Der Wind rüttelte am Dach und jeder Donnerschlag ließ mich zusammenzucken. Immer wieder erhellte ein Blitz die Nacht und damit die karge Umgebung. Heuballen. Holzwände. Kendrick.

Mir wurde immer kälter. Wenn wir die ganze Nacht blieben … Langsam rappelte ich mich auf und schlurfte zu ihm. »Mir ist kalt. Kann ich mich zu Ihnen legen?«

Und mich an deinem heißen, gestählten Körper drängen bis mein Blut kocht?

Ich biss die Zähne zusammen. Ich begann offenbar, durchzudrehen. War es die Kälte oder die Nähe eines agilen, testosterongetränkten Mannes?

»Zieh dich aus, ich habe nicht vor, wegen deiner Narretei krank zu werden.«

Ich kickte meine Turnschuhe ab, und kämpfte dann mit meiner Jeans, die sich einfach nicht über meine Schenkel schieben ließ.

»O mo chreach!« Im nächsten Moment riss er meine Jeans hinab und ich schwankte und fiel. Auf ihn. »Cac!«, brüllte er und schob mich von sich. »Du bist eiskalt!«

»Ach wirklich?« Ich schlüpfte aus der Hose. »Ich gehe nicht auf Ihr charmantes Angebot ein, weil ich Sie so gut leiden kann, Mr Kendrick.« Mein Shirt machte zumindest weniger Probleme. Ich legte mich hin.

»Du bist echt zum Abgewöhnen, weißt du das!«, knurrte er, als er Heu über mich schob und sich dann nah neben mich legte.

»Weiß ich.« Hörte ich schließlich nicht zum ersten Mal. Trotzdem traf es mich. Gärte in mir und fraß an meinem Inneren. Warum? Was machte ich falsch?

Ich drehte mich weg und wäre gerne von ihm abgerückt. Leider war er verdammt heiß. Er legte den Arm um mich und kuschelte sich an mich. Das war definitiv zu intim für meinen Seelenfrieden – aber es heizte mich auf und das verdammt schnell. Ich musste die Zähne nicht mehr zusammenbeißen, damit sie nicht mehr klapperten und fand es nicht mehr unmöglich, hier einschlafen zu können. Trotz des immer noch tobenden Gewitters.

»Du hättest den Rest auch ausziehen sollen.«

»Nein.« Besser nicht. Ja, es war unangenehm nass, aber ich wollte nicht völlig nackt neben ihm liegen. Es war mir so schon peinlich genug, schließlich kannten wir uns kaum und mochten uns noch weniger.

Er murmelte etwas. »Wenn ich mir eine Blasenentzündung einfange, weil du dein Höschen nicht ausziehen willst ...«

Ich drehte mich, damit mein Hintern nicht mehr an seinem Schoß lag. »Problem gelöst.«

Seine Augen funkelten in der Dunkelheit. »Machst du jemandem das Leben schwer?« Bitte? »Gibt es jemanden, der sich dein Gezeter ständig anhören muss?«

Ich muss gestehen, mir fiel das Kinn runter. Das war jetzt echt nicht fair, nein, eher unter der Gürtellinie. Was war er doch für ein Idiot! Das musste ich mir nun wirklich nicht gefallen lassen.

Stopp! Er hält mich warm, also: Mund halten und lächeln.

»Nein. Und? Gibt es jemanden, der sich über dich aufregen muss?« Wenn es mich tatsächlich interessiert hätte, wäre ich schwer enttäuscht worden, denn ich bekam keine Antwort. Noch immer zitternd, obwohl es schon wesentlich besser war, als zuvor, rutschte ich näher an ihn heran.

»Hey!«, murrte er.

»Fein!« Ich zerrte an meinem Schlüpfer und trat ihn ab. »Besser?«

Er ließ mich näher rücken. Ich legte meinen Kopf auf seinem Arm ab, rutschte dann hoch, weil es unbequem war, und stieß dabei gegen seine Brust.

»Cac!« Er schloss die Arme um mich und im ersten Moment erstarrte ich. Er pfriemelte an meinem Büstenhalter und schob ihn dann über meine Arme. »Komm her.« Er zog mich näher an sich. Seine Hand rutschte über meinen Rücken und drückte auch mein Becken näher an seines. Mit einem Mal war mir mehr als heiß.

Der Atem stockte mir und mit meiner überraschenden Lust kämpfend, bemerkte ich nicht, dass sie nicht einseitig war.

»Cac!« Mit einem Mal lag ich auf dem Rücken und er auf mir. Ich keuchte, zu mehr fehlte mir die Zeit, denn er presste auch schon seinen Mund auf meinen. Ich riss die Augen auf.

Gleich wird die Scheune in Flammen stehen.

»Liny, dadurch wird uns wenigstens warm.«

Na ja, zumindest konnte ich mir sicher sein, dass es ihm nur um Sex ging. Er rutschte an mir herab, seine Lippen wanderten über meinen Hals, zu meinen Brüsten. Die eine knetete er überraschend sanft, während er die andere liebkoste. Ich starrte in die Dunkelheit. Eingetrocknet, wie Sina befürchtete, war ich offenbar nicht, wohl eher ausgehungert, denn eigentlich wollte ich kein Vorspiel. Eigentlich wollte ich nur seinen harten Schwanz in mir. Schockierend, ich war genauso verdorben wie Sina. Seine Zunge leckte über meine andere Brust und ich biss mir auf die Lippe, um ein Stöhnen zu unterdrücken.

Ich schlang die Beine um ihn und hob mein Becken an. Er stoppte seine Liebkosung und sah zu mir auf. Ich rutschte tiefer und er verstand wohl, was ich nicht aussprechen wollte. Er kam an mir hoch, drückte seinen Mund auf meinen und stieß hart in mich. Ich stöhnte und es war mir gleich, ob er es merkte. Ich warf den Kopf zurück, klammerte mich an ihn. Mehr! Ich musste nicht bitten. Er stemmte sich auf seine muskulösen Arme und versenkte sich mit raschen, harten Stößen immer wieder in mich, bis ich es kaum mehr aushielt vor Anspannung. Ich schob meine Finger in sein Haar und genoss das samtige Gefühl seines Schopfes. Gar nicht übel und das Kratzen seines Barts an meinen Brüsten war auch nicht übel gewesen, ganz im Gegenteil. Eher verdammt erregend. Ich ließ die Finger abrutschen und streichelte über seinen Nacken, über die endlosen Schultern. Er war gebaut, wie ein Schrank! Ich genoss seine Hitze, biss mir auf die Lippe, um ein Stöhnen zu unterdrücken und allzu deutliche Worte obendrein. Was mir in den Sinn kam, sollte ich keinesfalls aussprechen. Peinliches Gefühlsgedusel, das gar nicht zu dem passte, was zwischen uns war.

Plötzlich hielt er an, drängte sich lediglich noch tiefer in mich und beugte sich herab, um mich zu küssen. Ich verdrehte die Augen. Toller Liebhaber. Sein Atem kam stoßweise und ich spürte seinen Herzschlag an meiner Brust. Ich schloss die Augen. Er hatte recht, zumindest war mir nun warm. Ich grinste.

Nicht warm, verdammt, es fehlte nicht viel und ich hätte die Scheune mit meinem Lustschrei zum Einstürzen gebracht.

Das Kichern erstickte ich an seiner Brust, als ich mich enger an ihn kuschelte und die Augen schloss.

***

Ein behagliches Seufzen verließ meine Lippen, als ich von feuchten Küssen geweckt wurde, die sich auf meinem Hals verteilten. Eine Hand schloss sich sacht um meine Brust und der Daumen rieb über dessen Spitze. Ich biss mir auf die Lippe und legte meine Hand auf seine. Sein Kuss stoppte und er drängte sich an meinen

Po, was mich wieder seufzen ließ. Ich war ein Morgensexmuffel. Eigentlich. Aber als seine Hand meine Brust verließ und tiefer rutschte, hielt ich den Atem an. Oh, ja!

Ich gab ihm Platz zwischen meinen Schenkeln und stöhnte leise, weil sich seine Finger kundig an mir zu schaffen machten.

»Gut so?«, murmelte er und biss sacht in mein Ohr. Dass ich erschauerte, war wohl Antwort genug, denn er drängte sich fester an meinen Po. Er rieb sich an mir, liebkoste dabei meinen Hals. Er war ein wenig zu schnell und auch etwas zu fest, aber da wollte ich nicht murren. Schon gar nicht, da seine Berührung ihre Wirkung zeigte. Seine sanfte, reibende Berührung. Ich drängte mich an seinen Schoß, wollte ihn spüren, tief in mir. Er schob sein Knie zwischen meine Beine und hob eines an. Ich ließ es an seinem Hintern abgleiten und sah zu ihm zurück. Er küsste mich sofort und gleichzeitig erfüllte er meinen stillen Wunsch; er füllte mich vollständig aus.

Ich stöhnte und hob den Arm, um meine Finger in seinen Schopf zu graben. Ich drückte meinen Rücken durch, um ihn noch tiefer in mir zu spüren. Seine festen Stöße trieben mir den Atem aus. Noch immer rieben seine Finger über meine Klitoris, veränderten ihren Rhythmus und sorgten für ein wahnsinniges Gefühl. Es war, als zögen sich kleine Wellen durch meinen Schoß. Ich begann zu zittern und entriss ihm meine Lippen. Keuchte atemlos. Schweiß kühlte meinen Körper, aus den Wellen wurde ein reißender Fluss und ich schrie auf. Gott! Ich schnappte recht erschreckt nach Atem. Hörte ihn ebenfalls aufstöhnen und spürte, wie sich seine Finger in meine Hüfte gruben. Verdammt. Ich blinzelte, aber eigentlich kannte ich die Antwort auf meine geheime Frage bereits. Ich wusste, wo ich war, schließlich piksten mich dutzende Strohhalme. Seine Lippen drückten sich auf meinen Hals.

»Der Sturm ist vorüber«, murmelte er. Noch nicht ganz. Nach einem weiteren Kuss, dieses Mal auf meine Schulter, löste er sich von mir.

Schnell schloss ich die Augen, weil ich dringend noch einen Moment brauchte, um mich zu fangen.

Klar, er war nahe dran, mir die Besinnung zu rauben, ich bleib besser liegen und fordere ihn auf, zurückzukommen. Ich sag ihm, dass ich mehr will und am besten auch gleich, was er tun soll, damit die Luft Feuer fängt.

Ich riss die Augen auf und starrte angespannt an den Giebel. Warum hatte ich nur immer diese bescheuerten Ideen? Wir hatten Sex, es war ganz nett, aber mehr brauchte ich davon doch wirklich nicht. Ich hatte auch gar keine Zeit. Arbeit wartete, Unmengen davon. Die Ablenkung war nett, aber zeitraubend.

»Deine Hose ist noch nass.«

Ich rappelte mich auf und entriss ihm meine Jeans. Sie war tatsächlich noch klitschnass. Zu ändern war es nicht, also zog ich sie über meinen trockenen Slip und fischte dann nach meinem Oberteil. Nachdem ich meinen BH und das Shirt übergestreift hatte, sah ich mich um. Es war nicht viel Platz neben den Heuballen, lediglich ein schmaler Streifen, dann ging es nach unten. Mein Herz, das sich gerade etwas beruhigt hatte, schlug wieder schneller.

»Kommst du?«

»Ja.« Ich behielt den Blick auf die Ballen gerichtet und schrappte auch nah an ihnen vorbei. Er schwang sich aus der schmalen Öffnung und ich trat wieder einen Schritt zurück. Oh!

»Komm, ich helfe dir runter.«

Ich hielt angestrengt die Tränen zurück.

»Liny?«

»Ich komme.« Meine Stimme schwankte und ich ging in die Knie.

»Spring, ich fange dich auf.«

Sicher nicht! Ich wagte einen Blick hinab. Oh, verdammt.

»Liny? Alles in Ordnung?«

Was blieb mir schon übrig?

»Gibt es keinen anderen Weg?«

»Nay. Komm schon. Wir wollen beide ins Warme oder?«

»Wenn ich wieder falle«, rief ich zittrig. Ich hatte schlicht Glück gehabt, dass mir beim Sturz von der Gartenmauer nichts Schlimmeres passiert war. Trotzdem hatte man mir zur Vorsicht geraten. Ich sollte einige Zeit keinen Sport treiben. Aus Scheunen zu springen, hielt ich schon für sportlich.

»Ich fange dich auf.«

Oh, Mann! Ich schwang die Beine über den Rand und richtete meinen Blick in die Ferne. Oh, mein Gott!

»Ich bin bereit!«

Ich nicht. Ich atmete tief durch.

»Nun komm!«

Ich stieß mich ab. Und landete in seinen Armen.

»Hab dich.« Langsam stellte er mich ab. Seine Augen bohrten sich in meine und es war, als dehnte sich der

Moment, dann ließ er mich los und wandte sich ab. »Es ist ein Stück.«

Ich senkte den Blick, zittrig und völlig durch den Wind. Okay, die Situation überforderte mich offenbar. Ich hatte die Nacht mit einem Mann verbracht, den ich nicht leiden konnte und obwohl er mich ebenso wenig mochte, hatten wir Sex gehabt. Abhaken. Es war passiert und zumindest konnte ich Sina beruhigen. Ich hatte nichts verlernt, war voll einsatzfähig, auch wenn ich mich gerade redlich bemüht hatte, meinen schlechten Eindruck wieder wett zu machen. Ich verdrehte die Augen und fing seinen Blick auf.

Hatte er mich die ganze Zeit über beobachtet? Was hatte er gesehen? Hatte ich dumm aus der Wäsche geschaut? Verärgert, angeekelt, verächtlich, unwirsch?

Ich unterdrückte gerade so ein Stöhnen. Es hatte sich nichts geändert. Wir hatten nicht plötzlich unsere Sympathie füreinander entdeckt, offensichtlich war die Nacht für uns beide ein ziemlicher Fehler gewesen.

»Können wir?«

Ich nickte und tapste los. »Wie weit?« Meine Stimme klang wie ein Reibeisen.

»Ziemlich weit.«

Merkte er, dass er nichts sagte? Ich presste die Lippen aufeinander. Keine Information verließ jemals diesen Mund und genau das war es, was ich an ihm nicht mochte.

***

Äußerst zufrieden trat ich in das Kontor. Kendrick sah auf und runzelte die Stirn. Ich ließ ihn nicht zu Wort kommen. »Ich habe eine E-Mail bekommen, die ich ausdrucken müsste.« Ich versuchte, nicht zu grinsen. Gleich. Nur noch wenige Minuten! Freude kribbelte in meinem Magen. Es war daneben und sorgte sicherlich nicht für eine bessere Verständigung zwischen uns, aber wenn das die letzte Nacht nicht geändert hatte, war ohnehin Hopfen und Malz verloren.

»Natürlich.«

Ich kam zu seinem Schreibtisch und stellte meinen Laptop ab. »WiFi?« Ich ließ meinen Computer nach Druckern suchen. Es dauerte einen Moment, aber dann konnte ich frech lächeln. Ich hatte gewonnen, aber das wusste er natürlich noch nicht.

Er runzelte die Stirn. »Hast du gut geschlafen?«

»Nein, ich habe gearbeitet.« Ich reichte ihm den Ausdruck. »Ich hole meine Kamera.«

Er nahm den Zettel und man sah ihm an, dass er mir nicht ganz folgen konnte.

Ich deutete auf die E-Mail. »Die Anordnung der Braut, mich in den Garten zu lassen!« Während mein Grinsen wuchs, verlor er sichtlich seine Fassung.

»Ich hole meine Kamera.« Ich ließ ihn stehen und tanzte fast aus dem Kontor. Als ich zurückkam, genügte ein Blick auf ihn, um zu wissen, dass er mir gerne den Hals umdrehen würde. »Können wir?«

»Sie kann dir die Erlaubnis nicht geben, es ist nicht ihr Anwesen!«

»So? Wird es aber bald sein oder?«, stellte ich schnippisch fest. »Jetzt lass mich in den Garten!« Ich hatte nicht vor, mir meinen Sieg nehmen zu lassen. Herrje, ich fühlte mich ihm dermaßen verpflichtet, dass ich im ersten Moment, nachdem ich die Mail bekommen hatte, diese nicht hatte verwenden wollen. Das ging nicht. Meine Arbeit kam an erster Stelle und ich musste in diesen Garten, ganz gleich, was er davon hielt.

Sein Blick lag unverrückbar auf mir. Er klopfte mit Zeige- und Mittelfinger auf den Tisch und zog dann mit einem Ruck die Schublade auf. »Ich lasse dich rein.«

Natürlich, schließlich stand *sein* Job auf dem Spiel. Er stampfte hinter mir her. Wir nahmen den Küchenausgang und waren im Nu vor dem versperrten Törchen. Ich hätte trällern mögen, verkniff es mir aber gerade noch. Er wusste, dass ich gewonnen hatte. Das reichte. Ich musste ihn nicht auch noch damit demütigen. Meine Augen glitten fröhlich über ihn und stoppten bei seiner Hand, als er den Schlüssel wieder abzog. Ich runzelte die Stirn und streckte die Finger aus.

»Zeig mal.« Er zögerte, überließ mir dann aber den Schlüssel. Ich hob ihn an und das warme Licht der Nachmittagssonne brach sich auf dem Messing. Der Bart und der Kopf waren in Herzform geschwungen. »Kennst du die Geschichte von Farquhar?« Das konnte durchaus interessant werden. Vielleicht eine Geschichte für meinen Blog.

»Aye.« Knapp, fast rüde. Ich sah auf und er nahm mir den Schlüssel wieder ab. »Bitte.« Er deutete in den Garten.

»Was bedeutet aye? Ja oder nein?«

Er ließ mich stehen. Nett, wie immer.

Ich folgte ihm seufzend. »Ja, nein, oder so etwas wie *ist mir doch egal?*«

Er blieb verstockt. Ein schlechter Verlierer. Nun, es war ja nicht so, als wolle ich mich mit ihm unterhalten! Ich sah mich um und hob meine Kamera an. Eine Kakophonie an Farben und Düften. Ich atmete tief ein und schloss kurz die Augen. Okay, Romantik. Kitsch. Ich hob die Lider. Rosen. Immens romantisch. Ich ging in die Knie und machte ein paar Aufnahmen von dem Busch vor mir. Weiße Rosen, ideal für eine Hochzeit. Die Dornen fand ich interessant und zoomte sie näher heran. Ich sah auf und ließ meinen Blick schweifen. Wild und ursprünglich und dabei filigran und schön. Damit konnte ich arbeiten. Ich lächelte zufrieden. Das bekam ich hin, auch wenn gerade mal eine Woche übrig war und ich bisher praktisch nichts hatte.

»Wenn du mir den Schlüssel da lässt, schließe ich nachher ab.«

»Nay, ich bleibe.«

Ich ließ die Kamera sinken und drehte mich zu ihm um. Wieder lagen seine Augen mit diesem undurchsichtigen Ausdruck auf mir. Oder immer noch?

»Warum?« Keine Antwort, aber das war ich von ihm ja gewöhnt. Ich schüttelte den Kopf und wandte mich ab, schließlich war es Zeitverschwendung, mich mit ihm herumzuärgern. Endlich hatte ich die Gelegenheit, einen echten Fortschritt zu machen und den hatte ich verflixt nötig. So ganz loslassen konnte ich trotzdem nicht, nach einigen Aufnahmen, bei denen er mich mit Argusaugen beobachtete, nahm ich den Faden wieder auf. »Warum bleibst du? Hast du nichts Besseres zu tun?« Schön, wieder einmal nicht sonderlich diplomatisch, freundlich oder auch nur versöhnlich. So wurde das garantiert nichts mit uns beiden. Ich rief mich sogleich zur Ordnung. Ausrutscher. Zug abgefahren. Keine Zeit. Ich betete mir weitere Punkte vor, warum es aussichtslos war und wurde immer miesepetriger. Am Ende war es mir wieder einmal egal, was er von mir hielt. Ich wollte ihn ja nicht heiraten. »Also schön. Ich muss hier rein. Ich brauche hübsche Fotos und ich tue alles, um meinen Job gut zu machen. Es ist mir egal, ob dir das gefällt. Wenn du hierbleiben willst, fein, aber steh mir bitte nicht im Weg und hör auf mich so anzustarren. Das macht mich nervös.«

Klare Verhältnisse waren doch immer eine gute Voraussetzung oder?

»Alles«, murmelte er und sein Blick wurde noch schneidender.

Vergeblich, das sollte ich langsam einsehen. Worte gleich welcher Art, waren bei ihm absolut verlorene Liebesmüh. Ich starrte ihn an. Was auch immer da zwischen uns passiert war, es hatte sicherlich keine positiven Gefühle zur Ursache gehabt, sonst wäre da doch etwas Nachsicht. Verständnis vielleicht und nicht bloß Ärger über meinen Sieg.

Hm, vielleicht, wenn ich ihm einen heißen Dank verspreche? Heute Nacht, wie er wollte, wo er wollte, was immer er wollte?

Ich blieb wohl ein hoffnungsloser Fall.

Kapitel 3

Wie du mir, so ich dir?

Sina parkte vor dem Haus. Es war bereits recht spät und wir kamen gerade von unserer Halbzeitparty zurück. Sie war der Meinung gewesen, wir bräuchten mal frische Luft. Obwohl ich nicht ihrer Meinung war, hatte ich nicht widersprochen und war froh drum. Es war ein ausgelassener Abend gewesen. Ich stieg aus und schlug die Tür zu. Am Himmel strahlten die Sterne und eine leichte Brise bewegte mein Haar. Es frischte deutlich auf. Es streichelte meine erhitzten Wangen und ich streckte grinsend die Nase in den Wind. Was für ein genialer Tag! »Ich gehe noch etwas spazieren.«

Sina schnaubte. »Du? Alles klar, wer ist es?«

»Niemand«, korrigierte ich ernst. »Ich möchte einfach nur etwas länger an der frischen Luft bleiben.« Es zog mich sicherlich nichts in meine enge Kammer unter dem Dach. »Mir ist nach einem Spaziergang.« Unter den Sternen, den sanften Hauch der Brise im Gesicht und dem frischen Geruch der Natur in der Nase.

»Wer ist es?«, beharrte Sina trocken. »Der dich so zum Lächeln bringt?«

Es rutschte mir augenblicklich aus dem Gesicht. »Niemand!«

»Du hast gesagt, du hättest Bilder vom Garten gemacht. Kendrick? Hast du deine weiblichen Waffen gewinnbringend eingesetzt?« Sie lachte auf. »Na, wird auch Zeit!«

»Nein! Ich habe die Aufforderung der Braut vorgelegt, mich reinzulassen. Er kann mich mit Sicherheit genauso wenig ausstehen, wie ich ihn!« Und da war ich mir absolut sicher. Ich atmete tief durch. »Ob du es glauben willst, oder nicht, ich möchte tatsächlich nur etwas frische Luft schnappen. Sollte mir ein Mann über den Weg laufen, trete ich ihm in die Eier!«

Sina lachte auf. »Das traue ich dir sogar zu. Also gut! Genieß deinen Spaziergang. Gute Nacht!«

»Gute Nacht.« Ich sah ihr noch nach, bis sie das Haus betrat, dann ließ ich den Blick abwandern. Also spazieren. Mein letzter Spaziergang war nicht allzu gut verlaufen, ich blieb also besser in der Nähe. Ich schlenderte los, den Blick in den Himmel gerichtet. Meine Füße trugen mich an die Mauer des geheimen Gärtchens und ich streckte die Hand nach dem Efeu aus. Es beflügelte mich. Ich kostete meinen Triumph erneut aus, und meine Haut begann zu kribbeln.

Ich hatte mir Zeit gelassen, war in aller Ruhe das Gärtchen abgeschritten und hatte nach Motiven gesucht. Kendrick war mir gefolgt. Auf Schritt und Tritt. Er hatte mich nicht aus den Augen gelassen. Zuerst war es unangenehm gewesen, aber mit der Zeit hatte ich mich daran gewöhnt. Ich hatte ihn ignoriert und geknipst, bis es dunkel wurde. Dabei waren unglaublich hübsche Fotos entstanden. Material, das mich inspiriert hatte und nicht nur meiner Laune einen Schubs gegeben hatte, sondern auch meinem Selbstwertgefühl.

Befreit kichernd drehte mich im Kreis. Immer schneller, bis mir schwindelte, dann ließ ich mich zu Boden fallen. Ich betrachtete zufrieden den Sternenhimmel. Dass mich ein paar hübsche Schnappschüsse so zufrieden machen konnten, hätte ich auch nicht gedacht. Oder lag es daran, dass ich es Kendrick so richtig gezeigt hatte? Sprach nicht für mich. Ich verschränkte die Arme hinter dem Kopf. Zumindest ließ ich mich nicht mehr benutzen. Ich war nicht mehr der Fußabtreter und die Dumme. Meine Freude verflog und Tränen trübten meinen Blick. Stattdessen war ich die unausstehliche Ziege, die keinen abbekam und sich von Mistkerlen flachlegen ließ?

War ich jetzt wieder ungerecht? Herrje, natürlich nahm er es mir übel, dass ich ihn übergangen hatte. Verständlich. Wer wäre nicht ärgerlich gewesen, und dass er nicht viel redete, war doch in Ordnung. Angenehm, auch wenn seine Stimme einen Klang hatte, der mir bis unter die Haut drang. Selbst sein Grollen und Murren hatte eine merkwürdige Wirkung auf mich.

Ich setzte mich auf, irritiert, in welche Richtung meine Gedanken schon wieder abdrifteten und kam fahrig auf die Füße, um weiterzugehen. Eigentlich war mir die Lust am Spaziergang bereits vergangen, aber ich wollte noch immer nicht wieder in meine kleine Zelle zurück. Obwohl ich arbeiten müsste. Ein Konzept ausarbeiten mit den Impressionen, die ich gesammelt hatte. Gedankenverloren lief ich weiter, ohne auf die Umgebung zu achten. Das rächte sich. Ich verlor den Halt, rutschte ab und fiel. Ich drehte mich gerade noch, um nicht mit voller Wucht auf meinem Gesäß zu landen und rutschte weiter. Ich schrie auf. Gleich noch einmal, weil ich im eisigen Wasser landete. Es war nicht tief, ich konnte mich mühelos aufrichten und doch war ich einmal mehr von Kopf bis Fuß durchnässt. »Mist!«

Ich schlug auf die Oberfläche, was kalte Tropfen in mein Gesicht platschen ließ und mich zur Besinnung brachte. »Verdammt!« Immerhin war ich allein und in unmittelbarer Nähe zu einer heißen Dusche. Ich rappelte mich auf. Mein linker Schuh war weg und ließ sich trotz Suche nicht entdecken. »Mann!« Ich kämpfte mich die Uferböschung hinauf. Meine einzigen Pumps. Hadernd stampfte ich barfuß zurück zum riesigen Gebäude, indem noch einige Fenster im Untergeschoss erleuchtet waren, ansonsten wirkte es bedrohlich dunkel. Ich blieb auf dem Rasen, tapste über die spitzen Kieselsteine, als ich den Weg kreuzen musste und erreichte endlich die Eingangstür. Dort riss ich an der Klinke und nichts tat sich. »Oh, nein.« Nicht schon wieder! Ich suchte nach dem Klopfer, aber der Klang verhallte wirkungslos. Auch auf mein Klingeln reagierte niemand, aber das wunderte mich wiederum nicht. Mrs Collum hatte uns bereits bei unserer Ankunft darauf hingewiesen, dass die Schelle nur im Gesindetrakt zu hören sei. Also in der Küche und den Wirtschaftsräumen, die in der Nacht selbstredend verlassen waren. Die erleuchteten Fenster kamen mir in den Sinn. Jemand war also noch auf!

Schnell umrundete ich das Anwesen, froh, dass es von Rasen umgeben war, und klopfte an eines der Fenster. Man konnte gerade so hereinsehen. Die Bibliothek, in der ich auch einige Bilder geschossen hatte. Das Fenster öffnete sich und ich sah in kristallblaue Augen in einem sich verdüsterndem Gesicht. Er war noch sauer, keine Frage und um eine Entschuldigung kam ich nicht herum.

»Die Tür ist verschlossen«, stellte ich schnell fest. »Lass mich bitte rein.«

»Nay.« Er wendete sich ab.

»Warte«, rief ich ihm nach. »Es tut mir leid. Bitte, lass mich rein.«

»Schreib doch an deine Auftraggeberin, sie solle mich dazu auffordern.«

Der Mund klappte mir von allein zu, so überrascht war ich von seiner Absage. Dabei hatte ich es ja gewusst, dass es böses Blut gäbe, wenn ich ich überginge. Aber mir war doch kaum etwas anderes übrig geblieben. Es war nicht fair, dass er es mir so heimzahlte, dennoch zermarterte ich mein Hirn darüber, was ich sonst sagen konnte, damit ... Stopp! Das Fenster war auf und lag ungefähr auf einer Höhe von hundertfünfzig Zentimetern. Das war doch machbar. Ich brauchte seine Hilfe gar nicht! Ich zog mich am Geländer hoch. Meine nackten Zehen schrappten über die raue Mauer, aber ich biss die Zähne aufeinander. Ich konnte das!

Ich zog mich keuchend hoch, purzelte über den Rahmen und landete genau vor seinen Füßen. Er sah auf mich herab, hatte wohl nicht damit gerechnet, dass ich es ohne ihn ins Haus schaffte.

»Vielen Dank für die Hilfe, Mr Kendrick. Es ist immer wieder nett, auf Sie zu treffen.« Man hörte mir meinen triefenden Sarkasmus deutlich an. Ich strich mir eine feuchte Strähne von der Wange.

Zeig ihm, was er sich versagt, wenn er sich wie ein Idiot aufführt. Steh grazil auf, streichle wie zufällig über den Leib, streck dabei die Brust vor und wirf ihm einen lasziven Blick zu. Soll er doch mal die Nacht mit der Vorstellung meines Körpers verbringen.

Ich rappelte mich auf, alles andere als sexy, und streckte die Schultern, als ich endlich stand.

Sein Blick wanderte enervierend langsam an mir herab. Was zum Geier sollte das? Wollte er, dass ich mich klein fühlte unter seiner Musterung? Sollte ich mich fragen, was er dachte? Warum dieser Blick, der jeden Zentimeter meines Körpers förmlich abzutasten trachtete.

»Du bist ganz nass.«

»Ach?« Ich konnte nicht widerstehen, zog meine Bluse glatt und hob das Kinn, um zu ihm aufzusehen. Er war schon fast beängstigend groß.

Seine Augen verengten sich. »Bist du wieder über die Mauer geklettert?« Seine Lippen pressten sich aufeinander und seine Brauen zogen sich zusammen. »Hast du dich verletzt?«

Ich korrigierte mich, er war nicht fast beängstigend, sondern definitiv beängstigend, dumm nur, dass ich ziemlich allergisch auf Dominanz reagierte. »Geht dich kaum was an!« Ich versuchte, ihn zu umrunden, landete aber an seiner Brust. Mein Fluch wurde von seinem Mund abgefangen und ich erstarrte überrascht. Die Dynamik zwischen uns war mir gelinde gesagt unverständlich. Er war wütend auf mich, was ich nachvollziehen konnte. Ich war ziemlich arrogant mit ihm umgesprungen, warum schwang das Pendel dann immer ins andere Extrem aus?

»Cac, du bist schon wieder eiskalt!«, murmelte er an meinem Mund, ohne den Kuss dafür zu unterbrechen.

Vielleicht meine Haut, mein Innerstes sicher nicht. Seine großen Hände rieben über meinen Rücken und wanderten zu meinen Oberarmen, dort stoppten sie für einen langen Moment. Es war, als hielte er mich schlicht.

Ein Schauder rollte über meinen Nacken und weiter hinab. »Lass das«, murmelte ich, nicht sicher, ob ich tatsächlich wollte, dass er aufhörte. Ich wollte mich nicht schon wieder benutzen lassen. Das sprach dagegen. Dass meine Haut trotz der Kühle angenehm zu prickeln begann, jedoch dafür.

Er knöpfte meine Bluse auf. Sein heißer Mund legte sich wieder auf meinen und sein Kuss war alles andere als missverständlich.

Ich erschauerte in seiner Umarmung und schloss die Augen. Dabei wurde mir wenigstens warm.

Ich schlang die Arme um seinen Hals und presste mich an ihn. Okay, vielleicht war ich scharf auf ihn.

Er drängte mich zurück gegen die Wand neben dem Fenster, durch das ich hereingeklettert war. Er hob mich an und schlang mein Bein um sich. Das andere ließ ich ohne Aufforderung folgen. Er schob mich noch etwas höher, damit er mehr von mir küssen konnte, als nur mein Gesicht. Seine Lippen wanderten über mein Dekolleté hinunter in das Tal meiner Brüste. Er zog meinen BH nach unten, um die Spitze meiner rechten Brust in den Mund zu nehmen.

Ich biss mir auf die Lippe, als er sacht an mir sog und konnte meinem Stöhnen doch nicht Einhalt gebieten.

Er brach ab und sah mich an. Seine Augen funkelten und sein Grinsen sagte deutlich, dass er sich nun als Gewinner sah.

Weit gefehlt, ich benutzte ihn nur. Ich schloss die Augen und presste meinen Mund auf seinen, musste aufhören zu denken, sonst wurde das hier nichts.

Zumindest darin waren wir uns einig, denn Kendrick erhöhte das Tempo. Aus seinen zärtlichen Küssen und Berührungen wurde Leidenschaft. Er drängte sich hart an mich, rieb sich an meinem Schoß, während er seine Hände an meinen Po legte und meinen Slip lüftete. Seine Finger glitten über meinen After und weckten ein süßes Prickeln.

»Ich will dich spüren.«

Er unterbrach erneut und sah mich an. »Jetzt schon?«

Ich nickte.

»Okay.« Er stellte mich ab, um sich die Hose zu öffnen, und zog mich dann zu sich, um mich zu küssen. Dann drehte er mich und umarmte mich. Seine Lippen wanderten über meinen Nacken, seine Finger in meinen Schoß. Ich rieb meinen Po an ihm. Eine Aufforderung, die er wohl verstand. Er stöhnte und änderte seinen Halt, um in mich zu stoßen. Dann bewegte er sich nur leicht in mir, während er mich reizte. An meinem Hals mit seinen zärtlichen Lippen und in meinem Schoß mit seinen Fingern.

Ich bog mich ihm entgegen, wollte mehr von ihm spüren. Ihn noch tiefer in mir. Ich schloss die Augen, um unsere Reflexion in der Scheibe nicht mehr zu sehen. Ich war sonst eher nicht über das Standartprogramm hinausgegangen, wollte Innigkeit, Zärtlichkeit und das Gefühl der Zusammengehörigkeit. Aber das hier war besser. Es war etwas, was den Moment unbedeutend machte. Ihn. Mich. Wichtig war einzig, die Hitze, die mich durchfloss.

Er stöhnte und zog mich hoch. Sein Arm schlang sich um meine Mitte und mit der anderen drehte er mein Gesicht, um mich zu küssen. Oh nein!

»Noch nicht«, keuchte ich. »Noch einen Moment.«

»Tut mir leid«, knirschte er und versteifte sich hinter mir. »Tut mir leid.«

Ich fluchte innerlich. Das war's dann wohl. Er löste sich von mir und ich streckte die Hand aus, um mich wieder an der Wand abzustützen. Denn obwohl ich nicht gekommen war, waren meine Knie ziemlich zittrig. Er drehte mich und drängte mich wieder an die Wand. Seine Hände wanderten über meine Schenkel und legten sich besitzergreifend an meinen Po. Dann hob er mich auf und zwängte sich zwischen meine Beine, um sich wieder in mir zu versenken. Dabei küsste er mich zart, spielerisch. Fast schon neckisch. Vielleicht sollte ich klarstellen, dass er nicht gewonnen hatte. Seine Zufriedenheit war wirklich enervierend!

»Geht es dir gut?«

Wollte er jetzt hören, dass ich ihn für einen tollen Liebhaber hielt? Ha! »Nein.«

Sein Körper versteifte sich und er lehnte sich etwas zurück, um mich besser ansehen zu können. »Hast du Schmerzen?«

Ich verdrehte die Augen und schob kräftig. »Lass mich runter.«

»Du bist gefallen? Hast du dich dabei verletzt?« Er stellte mich ab und ich ließ ihn stehen. Auf dem Weg zur Tür versuchte ich, mein Hemd zuzuknöpfen.

»Moment, wo willst du hin?«, hielt er mich zurück und fing meinen Arm ein.

»Ins Bett. Du hast dein Feuer doch schließlich bereits verschossen.« Ich wollte meinen Arm befreien und stockte bei seinen Worten.

»Nein habe ich nicht.«

Steckte ein Versprechen darin?

Ich biss mir auf die Lippe. Wollte ich das? Mein Körper wollte, daran bestand keine Frage. Ich wollte mehr. Ich wollte, dass er mich auch noch über den letzten Rand schubste. Ich wollte eine verdammt heiße und verdammt erfüllende Nacht erleben.

Er zog mich zu sich. Seine Augen wanderten langsam über mein Gesicht. »Sagst du mir, ob du dich verletzt hast bei deinem unnötigen Versuch, über die Mauer zu klettern?«

»Ich war nicht im Garten«, knirschte ich. »Nur spazieren. Ich bin abgerutscht und im Bach gelandet.«

Er nickte und beugte sich vor, um mich zu küssen. »Ich bin dir etwas schuldig.«

Da wollte ich nicht widersprechen.

»Gib mir die Gelegenheit«, wisperte er an meinen Lippen, »mich zu revanchieren.«

***

Ich drehte mich in der losen Umarmung und kuschelte mich an den heißen Körper neben mir. Dabei seufzte ich leise. Es war behaglich warm, aber auch recht unbequem. Ich blinzelte und bemerkte meinen Fehler. Kein Traum und auch kein Sprung zurück in die Vergangenheit. Ganz im Gegenteil. Eine große Hand rutschte über meinen Rücken und legte sich in mein Kreuz, um mich fester an sich zu drücken. Kendrick. Ich runzelte die Stirn. Ich kannte nicht einmal seinen Namen. Sollte ich fragen? Ich kaute auf meiner Zunge herum.

»Hey«, raunte er und schickte mir damit einen Schauer über den Rücken.

»Oh, Mann.«

Er lachte sinnlich. »Du warst auch nicht übel.«

Er glaubte doch nicht … Ich schnaubte schnell. »Bei der Bilanz der Nacht, war ich spitze und du mittelmäßig.«

Dieses Mal lachte er kräftiger und es schüttelte mich regelrecht, da ich an seiner Brust klebte. Ich versuchte, mich zu lösen, aber er rollte mich einfach herum und begrub mich unter sich.

Er streichelte meine Wange und beugte sich vor, um mich zu küssen. »Du warst spitze«, murmelte er. »Kein Problem damit, das zuzugeben.«

Das Kompliment machte mich sprachlos. Ich hatte eigentlich mit Widerspruch gerechnet, mit den üblichen Rüpeleien. Nicht mit Küssen und süßen Worten. Was hatte der Umschwung zu bedeuten? Schließlich hatte er mich erst vor wenigen Stunden nicht ins Haus lassen wollen. Ich drückte gegen seine Brust. »Hey?«

»Es ist früher Morgen«, raunte er an meinen Lippen und fuhr seelenruhig fort, mich zu küssen.

Okay, ich musste deutlicher werden. Ich drehte den Kopf weg. »Das reicht jetzt. Es wartet jede Menge Arbeit auf mich.«

Er sackte etwas auf mich ab, stöhnte und umschloss mich fest. »Also, was steht an?« Sein Bart kratzte über meinen Hals, dann legten sich seine Lippen darauf und liebkosten ihn. »Weitere Stunden Grünzeug fotografieren?«

Ich bohrte meine Nägel in seine Schultern. Geringschätzung, na wie nett und dies, während er an mir herummachte. Ich schob ihn weg.

Er richtete sich grummelnd auf, blieb vor mir knien und sah an mir herab. Ein Grinsen legte sich auf seine Lippen. »Eine Stunde wird doch nicht ernsthaft einen Unterschied machen, oder?«

Recht hat er. Fangen wir den Tag doch entspannt an. Mit einer heißen Episode.

Um noch mehr Schürfwunden und blaue Flecken zu sammeln? Ich hatte schon bessere Ideen gehabt. Der Kamin war lange runtergebrannt und der Raum recht kühl, weshalb ich fröstelte und nach meiner Bluse sucht. Dabei schüttelte ich innerlich, über mich selbst erstaunt, den Kopf. In der Bibliothek! Auf dem Fußboden! Na ja und dem Schreibtisch, am Fenster und dem Sessel, über dem mein BH hing.

»Was wirst du tun?«

Ich sah über die Schulter zurück. Er stand schlicht im Raum und sah mir zu, wie ich meine Sachen zusammensuchte. Nackt, selbstredend. »Meinen Job.«

Er kam zu mir und blieb direkt vor mir stehen, während ich meine Knöpfe schloss. »Hast du genug Bilder?«

»Die kann ich nicht benutzen. Ich muss definitiv noch einmal in den Garten und mein Equipment mitnehmen.«

»Wann?«

»Du kannst mir den Schlüssel geben. Ich brauche Ruhe bei der Arbeit.« Das gefiel ihm nicht. »Es ist ein Garten, keine Ruhestätte oder Ort der Einkehr.«

»Es ist mehr als nur ein Garten, Liny.«

Ich sah zu ihm auf. Was sollte das wieder? Und: Wie sollte ich darauf reagieren?

»Also gut. Was macht den Garten so besonders, dass man ihn vor den Augen der breiten Öffentlichkeit verstecken müsste?« Ich gratulierte mir im Stillen. Mein Ton war ruhig, wenn schon nicht freundlich. Sachlich. Ich war zufrieden mit mir. Das war vermutlich das freundlichste Gespräch, das wir zwei je geführt hatten und ich hielt mich doch sehr gut.

»Es ist ein bedeutender Ort für die Familie McDermitt.«

Ich erwartete eine Erklärung, aber die blieb einmal mehr aus. Das war frustrierend. Sollte ich nachfragen?

»McDermitt«, griff ich auf und bereute es.

Er presste die Lippen aufeinander. »Ja.« Er klang grimmig.

Warum? Was hatte ich jetzt schon wieder falsch gemacht? Ich war doch freundlich. Und ruhig. Kein bisschen zickig. Obwohl ich zunehmend aufgebrachter wurde. »Deine Arbeitgeber?« Was zu vermuten war. Ich runzelte die Stirn. McDermitt sagte mir gar nichts und soweit ich mich entsann, war Farquhar im Besitz irgendeines schottischen Adligen. Ich hatte die Informationen nur grob überflogen, weil es für meine Arbeit nicht von Belang war. Ich hatte mich nur vorbereiten wollen. Eine erste Idee bekommen von dem, was auf mich wartete. »Braut oder Bräutigam?«

»McDermitt sagt dir nichts?« Das schien er nicht zu glauben.

»Müsste es?« Ich wandte mich ab, endlich die Bluse geschlossen. »Ich brauche eine ganze Weile und verspreche, niemanden in den Garten zu lassen und lediglich an jenen Orten zu fotografieren, die ich gestern aufgenommen habe.«

»Wie bekommst du dein Zeug dorthin? Wirst du nicht Strom brauchen?«, rief er mir nach und ich stockte an der Tür.

»Ich helfe dir.«

Kapitel 4

Romantische Impressionen

»Vorsicht!«, mahnte ich und hielt den Lampenschirm fest. Kendrick hätte ihn fast umgeworfen, als er den Tisch umstellte.

»Ich hätte nicht gedacht, dass es so viel Zeug wird!«, murrte er und trat aus dem Kabelgewirr heraus. »Du hast Glück, dass es heute trocken bleiben wird.«

»Ich brauche nicht alles, wollte aber keine Zeit verschwenden, wenn ich schon mal jemanden habe, der mir mein Equipment hinterherträgt.« Sein Blick war unbezahlbar und ich grinste frech. Ah, er hatte schon was. Mit einer ordentlichen Frisur, einer Rasur und weniger Muskelmasse wäre er genau mein Typ. Nein, dann wäre er wohl schlicht perfekt für mich, also war es besser, dass es da einige Punkte gab, die mir nicht gefielen.

Er nahm mir ein Kabel ab, das ich aufrollte. »Echt? Du hast mich das Zeug umsonst herschleppen lassen?« Zwar grummelte er, aber er klang dabei nicht verärgert. »Wow. Du bist einzigartig.«

Ich ignorierte es und relativierte meine Behauptung. Schließlich brauchte ich den Großteil der Sachen tatsächlich. »Für den Anfang benötige ich das Licht, die Dämmer, meinen Computer, die Kamera und natürlich die Halterungen für alles.« Ich sah durch das Objektiv und verglich es mit dem Digitalbild. Das Licht war noch nicht ideal, also verschob ich den Dimmer. Ich spürte seinen Blick auf mir. Vermutlich sah es ziemlich dämlich aus.

»Du bist also Fotografin?«

»Nein.« Ich schob den Dimmer etwas näher zum Objekt. Perfekt. »Grafikdesignerin.«

»Ich habe noch nicht ganz verstanden, was du hier machst.«

Ich sah zu ihm. Er rollte ein weiteres Kabel auf und legte es zurück in die Box.

»Bilder.«

Er verzog die Lippen. »Liny, ich bin kein Idiot.« Er verlor deutlich seine Gelassenheit. Jetzt schon.

Ich seufzte innerlich. Konnte ich auf lange Sicht besonnener an die Dinge herangehen? Bissige Sprüche und flapsige Kommentare waren ein integraler Bestandteil meines Selbst, dass es fast unmöglich schien. Wollte ich mich verstellen? Ich räusperte mich. »Ich mache Bilder und kleine Aufnahmen von Dingen und Orten und stelle sie dann, idealerweise mit Aufnahmen des Brautpaares, so zusammen, dass sie eine Collage oder ein Video ergeben. Es unterstreicht den romantischen Flair der Hochzeit.« Ich legte den Kopf schräg und sah zu ihm.

»Ah.« Er verstand es nicht.

Tja, ich hatte auch eine Weile gebraucht, um mit dem Konzept warm zu werden. »Manchmal sind es nur Diavorstellungen. Sie zeigen die Entwicklung der Brautleute, ihr Kennenlernen. Manchmal werden auch Szenen nachgespielt. Es ist komplex und vielfältig«, erklärte ich also und machte ein paar Testaufnahmen. Das Licht war gut, aber etwas war noch nicht stimmig.

»Aha.«

Ich drehte mich zu ihm um. Er sah auf meinen Laptop, auf dem meine Testschüsse abgebildet sein sollten.

»Bilder von dornigen Rosensträuchern unterstreichen also das romantische Flair einer Hochzeit.«

Ich lachte auf. Es war so deutlich, dass er es absolut anders sah. Ich griff nach meiner zweiten Kamera und schoss eine Bilderreihe von ihm. Die Speicherkarte steckte ich dann in meinen Laptop und übertrug einige der gespeicherten Medien, um sie mittels eines Bearbeitungsprogramms ineinander zu verschmelzen.

»Komm näher.« Ich rückte zur Seite und spielte die kleine Animation ab. Aus einer Rose formte sich sein Porträt, das dann in einen Eberkopf diffundierte.

»Hey!«

Ich grinste zu ihm auf. »Na, erkennst du dich wieder?«

»Du bist ganz schön frech, weißt du das?«

Ich stand auf und legte den Kopf in den Nacken, um besser in sein Gesicht sehen zu können. »Glaubst du?«

»Aye!«, brummte er und zog mich so schnell an sich, dass ich erschrocken gegen ihn fiel. Der Kuss raubte mir den Atem. Ich musste unbedingt noch klarstellen, dass dies nur zu meinen Bedingungen galt. Trotzdem ließ ich mich küssen, bis seine Finger meine nackten Pobacken umschlossen.

»Halt! Hey!«, beschwerte ich mich atemlos. »Ich muss hier arbeiten und vergiss bitte nicht, dies hier ist ein wichtiger Ort für die Familie McIrgendwas!«

»McDermitt. Und du bist verdammt frech!«

»Oh, aber es zwingt dich ja niemand, hierzubleiben.«

Er sah mich schief an. »So ist das also. Du hast nur mit mir geschlafen, damit ich dich in den Garten lasse.«

Ich lachte auf und korrigierte: »Du wurdest angewiesen, mich in den Garten zu lassen!«

»Was ich hätte ignorieren können. Ein Anruf und die Einwilligung wäre vom Eigner des Anwesens zurückgezogen worden.« Er klang verdammt sicher.

Ich legte den Kopf wieder zur Seite. Eigentlich war es egal, was er von mir dachte. Also kam ich auf die Zehenspitzen und drückte ihm einen Kuss auf. Dann raunte ich, nicht ganz ernst: »Ja, ich habe nur mit dir geschlafen, damit du mich hier reinlässt!«

Seine Finger drückten sich in meine Hüfte, als er mich wegschob. Sein Blick lag nachdenklich auf mir, unterstrichen von einem tiefen Runzeln auf der Stirn.

Ich verdrehte die Augen und ließ ihn stehen. Er glaubte es. Er glaubte wirklich, ich hätte ihn verführt, damit er mich in den Garten ließ. Verrückt. Ich zoomte mein Testbild heran, um die Aufnahme zu machen, die mir vorschwebte. »McDermitt. Du hast nicht zufällig eine Telefonnummer?« Mir war sofort klar, dass es eine dumme Frage war. Schön, ich hatte keine direkten Kontaktdaten, selbst die Erlaubnis für das Betreten des Gartens war über George gegangen, und ein enger Kontakt war sonst gang und gäbe. Bisher hatte es mich zwar gewundert, warum es dieses Mal so kompliziert gehandhabt wurde, hatte es aber nicht ernstlich hinterfragt.

»Wozu?« Er klang schon wieder verärgert. Natürlich. Oder nicht? Herrgott, weil ich nach einer Telefonnummer fragte? Ich sortierte mich. Was war los? War es wichtig? Sollte ich fragen? Oder beim Ursprungsthema bleiben? Das hier wurde deutlich zu kompliziert. Ich musste meine Gedanken auf meine Arbeit richten und hatte keine Zeit für – DAS. Also beim Thema bleiben und den Ball flach halten. »Das hier ist der romantischste Ort auf diesem Anwesen. Die Hochzeit sollte hier stattfinden. Wenn die Büsche etwas gestutzt werden, wäre das Ambiente ...«

»Nein!«

Ich zuckte zusammen. Den Tonfall kannte ich zur Genüge und war eigentlich nicht bereit, so mit mir sprechen zu lassen.

»Dieser Ort ist sehr bedeutend für die Familie«, hob er angestrengt hervor und durchbohrte mich dabei mit seinem Blick.

Einem merkwürdigen Blick, als wolle er einerseits ebenfalls keinen Schritt in seiner Meinung zurückweichen und sich gleichfalls dafür entschuldigen. Merkwürdig. Zurück zum Thema. »Eben. Es unterstreicht die Verbindung.«

Er schüttelte den Kopf. »Nicht in dem Fall.«

Ich verengte die Augen und mutmaßte: »Du kennst das Brautpaar persönlich.«

Er nickte. Seine Augen verengten sich zu kleinen Schlitzen und er wurde noch brummiger. »Sie gehört nicht hierher.«

»Und wer gehört hierher?« Ich schüttelte den Kopf. Ich sollte das Thema ruhen lassen und George bitten, mit Mr McDermitt über eine Trauung im Rosengarten zu verhandeln. Es war nicht meine Sache und ich wollte mich nicht einmischen. Ich sollte mich einzig auf meine Arbeit konzentrieren. Ich richtete die Kamera wieder aus, um sie bei seinen Worten erneut zu verreißen.

»Liebende.«

Der Rosenbusch war unfassbar dornig. Ich drehte mich wieder zu ihm, langsam und unsicher. Was war denn jetzt los? »Sie heiraten«, stellte ich fest. Er presste lediglich die Lippen aufeinander. Ich hob eine Braue. »Also gut, da du mehrfach fragtest, ob mir McDermitt nichts sagt: Er ist berühmt?«

Seine Brauen zogen sich über der Nasenwurzel zusammen.

»Schauspieler? Musiker?« Ich verdrehte die Augen. »Zumindest erklärt sich so, warum ich noch keine Fotos vom Brautpaar bekommen habe.« Genug gequatscht. »Du gehst also davon aus, dass sie ihn nur wegen seines Geldes heiratet?« Ich schüttelte den Kopf und widmete mich meiner Arbeit. »Nun, du kennst sie. Du wirst es besser einschätzen können.« Für mich machte es keinen Unterschied.

»Glaub mir, sie gehören hier nicht rein.«

Er machte mich schon neugierig. Wer war sie und wer war McDermitt? Heiratete sie ihn tatsächlich nur, um sich abzusichern? War McDermitt dann ein alter, reicher Knacker und sie eine aufgedonnerte Blondine? Dann war es mir recht, keine Paarbilder zu bekommen. Vermutlich hätte ich mich unmöglich gemacht. Und es war auch egal. Unwichtig. Ich zuckte die Achseln. »Wie du meinst.«

»Liny, warum schläfst du mit mir?«

Ich verkrampfte mich augenblicklich und starrte durch mein Objektiv, um Zeit zu gewinnen. Die Frage war wirklich daneben. Welche Antwort erwartete er? Dass ich mich auf den ersten Blick in ihn verliebt hatte? Aber schlimmer war eigentlich, dass ich um eine Antwort verlegen war.

»Liny?« Er zog mich am Ellenbogen zurück. »Liny.« Er drehte mich zu sich um.

»Was willst du hören?«, begehrte ich auf bei dem Versuch, meinen Arm zurückzuerlangen.

»Liny!«

Ich sah ihm in die Augen. »Keine Ahnung.« Das verblüffte ihn und sein Griff lockerte sich. Ich schob ihn zurück. »Vermutlich hat mich deine romantische Ader schwach werden lassen!« Und verdrehte die Augen. »Wann wird man schon mal in einer Scheune verführt?« Ich drehte mich wieder weg. »Ich sag's dir, wenn ich es herausgefunden habe. Kann ich jetzt bitte arbeiten? Mir ist es nämlich egal, warum geheiratet wird. Ich will nur meinen Job gut machen.«

»Warum brauchst du McDermitts Telefonnummer?«

Ich zuckte die Achseln. Er war heute ungewohnt gesprächig. Schade eigentlich, dass weder der Zeitpunkt, noch das Thema passte, denn eigentlich hörte ich ihm gerne zu. Seine tiefe Stimme war angenehm und irgendwie ablenkend. Zu ablenkend für jemanden, der sich auf seine Arbeit konzentrieren sollte. »Brauche ich nicht. Ich muss jetzt arbeiten.«

»Liny?« Er räusperte sich. »Was hältst du davon, mit mir auszugehen?«

Ich nahm die Hände von der Kamera, die ich, solange er hier war, wohl ohnehin nicht bedienen konnte, ohne verschwommene, verrissene Aufnahmen zu bekommen. Gut. Ich atmete tief ein, konnte meine Gedanken aber nicht sammeln. Er wollte mit mir ausgehen? Hitze ließ meine Haut kribbeln. Ich zog die Schultern hoch und drehte mich zu ihm um. Meine Finger wischte ich unauffällig an meiner Jeans ab. »Nichts.« Nun, das konnte ich wohl nicht so stehen lassen. »Ich bin vielleicht noch eine Woche hier. Ich lebe in London, das ist nicht gerade um die Ecke.«

»Ich möchte trotzdem mit dir ausgehen.« Er versuchte es wieder mit seiner festen Stimme und der entnervenden Spur von Arroganz.

Warum? Es wunderte mich gehörig. Ich verstand es nicht und mir fiel auch keine Erklärung dafür ein. Es war schließlich unnötig. Oder glaubte er, auf der sicheren Seite zu sein, wenn er mit mir ausging? Dass ich dann eher mit ihm schlief? Ich war ratlos. Wie sollte ich reagieren? Ich räusperte mich und senkte den Blick, weil seiner mich nervös machte. »Ich muss jetzt arbeiten.«

»Heute Abend?«

Er verlangte also nach deutlichen Worten. Ich sah fest zu ihm auf. Ich öffnete den Mund und klappte ihn direkt wieder zu. Warum nicht?

Seine Lippen verzogen sich zu einem wissenden Grinsen und das gab den Ausschlag. »Nicht heute Abend. Ich habe wirklich viel zu tun. Wenn ich mir sicher bin, es zeitlich zu schaffen. Vorher nicht.« Und selbst die Zustimmung fiel mir schwer. Es war unsinnig, aber wenn er mich schön ausführen wollte, sollte ich es als Zeichen guten Willens akzeptieren. Es war doch nett. Er hätte doch auch davon ausgehen können, dass ich einfach so weiter mit ihm schlafe. Dass weitere Anstrengungen nicht nötig wären.

»Aye.« Er zögerte. »Wann wird das sein?«

Wollte er mich festnageln? »Kann ich nicht einschätzen.«

Er fing meine Hand ein und spielte mit meinen Fingern. »Also gut. Aber damit du es weißt, ich gebe nicht so schnell auf.«

Das sagte mir was? Das ich aus der Nummer nicht mehr herauskam? Ich versuchte, meine Finger zurückzuziehen. »Fein. Darf ich jetzt arbeiten? In Ruhe?«

»Ich sehe später nach dir. Mittag?« Er zog mich zu sich, indem er seine Hand in mein Haar vergrub und gab mir einen Kuss. Einen verdammt feurigen, heißen Kuss. Einen, der mich komplett rausriss. Als er mich endlich stehen ließ, war ich nahe dran, ihn zu bitten, dazubleiben und die Sehnsucht in mir zu stillen.

***

»Hey.«

Ich schreckte mit einem spitzen Schrei auf.

Kendrick stand lässig mitten auf dem Hauptweg, die Hände in den Hosentaschen vergraben und machte ganz den Anschein, dort schon eine Weile zu stehen. Möglich war es, schließlich hatte ich konzentriert gearbeitet und da bemerkte ich nicht zwangsläufig, was um mich herum vorging.

»Meinst du nicht, du solltest für heute Schluss machen?« Sein Blick glitt an mir herab und es war fast, als konnte ich ihn auf der Haut spüren.

Ich wandte mich ab, nervös und sicher zugleich. »Noch ein paar Schüsse.« Die ich sicher nicht durchgesetzt bekam, aber ich hatte das Gefühl, darauf bestehen zu müssen. Mal abgesehen davon, dass ich die ganze

Arbeit bereits erledigt hatte, um die Szenerie zu kreieren.

»Es ist dunkel, komm schon, mach morgen weiter.« Er umarmte mich und drückte mir einen Kuss in den Nacken. »Du brauchst doch auch deinen Schlaf oder?«

Ich lachte auf. Was wollte er damit wohl sagen? Dass ich nur Schlaf bekam, wenn ich meine Arbeit nun auf der Stelle unterbrach, weil er mich noch eine Weile beschäftigen wollte? Wie auch immer, ich hatte bereits Zeit investiert und ein einmaliges Setting. Ich wollte meine Bilder. »Noch ein paar Schüsse!«

Ich drückte den Auslöser und war dann gezwungen, mich mit ihm zu beschäftigen. Ich drehte mich in seinen Armen und wurde direkt geküsst.

»Warte«, nuschelte ich. »Warte doch mal.«

»Nay.« Er küsste mich hungrig. Seine Hände wanderten zu meinem Hintern und drückten meinen Schoß an seinen. Er stöhnte dunkel.

»Nein, nicht wahr? Warte, bitte.« Wenn ich noch meine Fotos machen wollte, hielt ich ihn besser auf Abstand. Und es half auch, mich selbst im Zaum zu halten, wenn ich meine Gedanken beschäftigte. Mit der Dechiffrierung seiner Sprache zum Beispiel. Ich sollte fragen, wo er herkam. Aber da gab es wohl noch ganz andere Fragen, die ich stellen sollte. Die drängendste war wohl die nach seinem Rufnamen. Nicht zu fassen, dass ich immer erst daran dachte, wenn es absolut unpassend wäre, ihn danach zu fragen. Aber wenn er nicht in der Nähe war, hatte ich keinerlei Probleme, mich auf meine Arbeit zu konzentrieren und alles andere verwischte, verschwand sogar absolut aus meinem Fokus.

Er stöhnte leise. »Komm schon, Liny, mach morgen weiter.« Er fing meine Lippen wieder ein und zog mich eng an seinen Körper. Er war steinhart, von oben bis unten.

Ein Beben ging durch mich. Gott, er hatte mich. »Lass mich los«, bat ich und senkte den Kopf, damit er mich nicht wieder küssen konnte. »Ich brauche noch einige Aufnahmen.« Meine Stimme war in eindeutiger Weise kratzig.

Er kam meiner Bitte grummelnd nach. »Liny, mach morgen weiter.«

»Das geht nicht.« Ich atmete tief ein. »Das Setting ...« Vermutlich verstand er es nicht, wenn ich es erklärte. Ich stockte, sah auf. Vielleicht war es besser, ich sparte die Worte und zeigte es ihm. Ich zog ihn zu meinem Laptop. »Schau dir das an.« Ich öffnete eine Aufnahme von dem kleinen See, an dem wir standen, die ich in der Dämmerung aufgenommen hatte. »Siehst du den Unterschied?« Ich hatte den See ausgeleuchtet und er erschien nun wie eine kleine Oase. Verwunschen, ganz wie ein Ort, der von Feen und anderen Wunderwesen aufgesucht wurde. So natürlich und zeitlos, das es mich bei jedem Blick nahezu von den Socken riss. Ich verstand es, wenn ich mich hier umsah, wusste ich, was Kendrick gemeint hatte. Ich verstand, dass der Ort etwas ganz besonderes war und konnte einfach nicht widerstehen, ich musste es ablichten. Ich musste die Atmosphäre einfangen. Ich wollte mein perfektes Foto – ach ja und wenn ich schon mal dabei war ... »Ich wollte Sina anrufen.«

Seine Stirn runzelte sich. Er verstand es wohl noch immer nicht. »Der Anblick ist nett, aber doch nicht so atemberaubend, dass sie ihn sehen müsste.«

Ich lachte auf. Da hatte er natürlich recht, einen verwunschenen See brauchte ich Sina nicht zu zeigen, sie hätte absolut kein Interesse – und keine Zeit –, um sich so etwas Banales anzusehen. »Richtig. Sie ist viel zu beschäftigt, um sich den Garten anzuschauen, aber sie wollte immer schon Aktfotos machen. Und hier ...« Ich stockte. Mir fiel erst in diesem Moment auf, dass er vermutlich von der Idee nicht sonderlich angetan wäre. Ich räusperte mich. »Es wären magische Bilder.« Eine lahme Entschuldigung.

Er hob eine Braue.

»Okay, ich weiß, was du sagen willst. Aktfotos an diesem Ort ... an diesem für die Familie McIrgendwas bedeutenden Ort ...« Ich hob die Hände. »War eine blöde Idee. Ich habe nicht nachgedacht und ich entschuldige mich dafür.« So gesehen war es tatsächlich ein Sakrileg, verflixt, was war mir nur in den Kopf gekommen, überhaupt an so etwas zu denken?

»Du brauchst Sina nicht.«

Meine Zähne schlugen aufeinander.

Er kam näher und legte seine Hände auf meiner Hüfte ab. Er küsste mich sanft. »Und grundsätzlich ist die Idee nicht blöd.«

Ich hielt den Atem an.

Er hob mein Kinn an und sah mir tief in die Augen. »Magisch, meinst du ja?«

Ich schluckte. Wusste er, wie nervös er mich machte?

Sein Blick rutschte ab. »Schön. Machen wir noch ein paar Fotos.«

Er hielt mein Kinn an Ort und Stelle, sonst wäre es anschaulich herabgesackt. Bot er sich an? Anregende Bilder flogen mir durch den Sinn. Als Model machte er selbst mit dem zotteligen Bart einiges her.

Hitze schoss in meine Wangen, weil mir gleich noch ganz andere Ideen kamen. »Du stellst dich zur Verfügung?«, krächzte ich und lief noch dunkler an.

»Zum Knipsen.« Er grinste mich an und sein Vorschlag klang irgendwie nicht ganz so absurd, wie er war.

Trotzdem war es unsinnig. Ich schüttelte den Kopf. »Nein.« Ich stand hinter der Kamera, nicht davor.

Er zog mich an der Hüfte zu sich und lüftete mein Shirt.

»Hey!« Ich schob mein Shirt wieder runter.

»Wie nanntest du es?«, raunte er und gab mir einen Kuss. »Magische Bilder? Mit Sicherheit, wenn du drauf bist.«

Obwohl mich das Kompliment berührte, blieb ich ablehnend. »Nein. Ich sehe nicht gut aus.«

Er zupfte wieder an meinem Shirt. »Oh, glaub mir, die Bilder werden magisch!« Da er mit meinem Shirt nicht weiterkam, knöpfte er meine Jeans auf.

»Bitte, das ist albern.« Ich fing seine Hände auf, als er mir die Hose herunterziehen wollte. »Nein. Ich nicht. Ich habe schlaffe Brüste und unübersehbare Rettungsringe.« Und das war nur der Beginn einer langen Aufzählung meiner Makel.

Er zog mich noch näher. »Zeig mal her.« Er hob wieder mein Shirt. »Vielleicht ist das Licht hier zu schlecht.« Er schob mich zurück und hob mich über den Kabelsalat.

»Warte.« Im Schein meines Scheinwerfers lupfte er erneut mein Shirt.

»Vielleicht liegt es an meinen Augen, aber ich sehe keine Rettungsringe«, murmelte er und überrumpelte mich. Ich stand ohne Shirt vor ihm und klappte empört den Mund auf. »Und von schlaffen Brüsten ist hier auch keine Spur.«

»Stopp!« Vielleicht sollte ich ihn endlich nach seinem Namen fragen. »Auf keinen Fall. Herrje, mach du es doch!«

»Aye.«

»Was?« Mir schoss tatsächlich durch den Kopf, wie dämlich ich aussehen musste in meiner bodenlosen Verblüffung und streckte die Schultern. Er hatte sich nicht angeboten, mir als Model zu dienen. Aber allein die Vorstellung davon!

Ich ließ meinen Blick an ihm herabwandern. Er war ein Schmuckstück für jede Linse, ganz gleich, wie Frau gewöhnlich ihre Partner schätzte. Einmal anfassen wollte man ihn bestimmt. Einmal ausprobieren, wenn man so wollte. Mein Mund wurde trocken. Ich war über das Stadium des Ausprobierens dann wohl schon hinaus. Wollte ich ihn behalten? Mein Blick bohrte sich in den Schotterweg. Was war das für ein dummer Gedanke?

»Ein paar von dir, ein paar von mir.« Er zog mich an sich, um mich zu küssen. »Du wirst sie nicht ohne meine vorherige Zustimmung veröffentlichen.«

Richtig ablenken konnte er mich nicht, obwohl seine zärtlichen Liebkosungen etwas in mir zum Glühen brachten, war mein Hirn zu beschäftigt damit, sich Horrorszenarien auszumalen, wie er mich fallen ließ.

Ich war nicht halb so attraktiv wie er und das musste doch in die Hose gehen. Aber das Thema war nicht, ob ich ihn wollte oder nicht. Wir sprachen über ...? Ich wühlte hektisch in der Erinnerung. Bilder. Akt. Von ihm und mir. »Bist du verrückt?«

Er schüttelte langsam den Kopf. »Nein. Aber ich mag die Vorstellung, ein hübsches Bild von dir zu haben. Oder eines von uns zusammen.«

Dummerweise tauchte so ein Bild auch vor meinem inneren Auge auf und entfachte die Glut.

Wäre ich nicht so prüde, könnte ich ihn vernaschen, während der Selbstauslöser interessante Aufnahmen machte.

Ich keuchte und schob die Idee weit von mir. »Ich mache keine Pornographie!«, hielt ich mir selbst vor, auch wenn ich ihn dabei giftig ansah. Herrje, schließlich brachte er mich auf diesen Unsinn!

»Akt, nicht wahr.« Er öffnete meinen BH. »Das heißt, nackt, aber nicht ...«

Ich schloss die Arme vor der Brust, hadernd, weil feurige Begierde in mir loderte. Schön, ich hätte wahnsinnig erotische Bilder. Von ihm und leider auch von mir, aber was wollte ich damit? Es war ja nicht so, als ob mich Erotik anmachte. Ich hatte nur an Sina gedacht, die es immer schon ausprobieren wollte. Sina konnte ich fotografieren, egal in welchem Bekleidungszustand, aber ihn? »Warte, das ist doch nicht dein Ernst!«

»Doch.« Er schob meine Jeans von meiner Hüfte.

»Du zuerst.« Ich glaubte nicht, dass er tatsächlich darauf eingehen würde, aber er zog tatsächlich sein Hemd über den Kopf und entledigte sich schnell seiner Hose.

Ich verdrehte unwillig die Augen. Konnte ich mich nicht zehn Minuten zusammennehmen? »Du musst dich im Griff haben.« Was für ein Hohn, schließlich war ich die Erregte, während er die Situation zumindest nicht so anregend fand, dass er gleich in voller Bereitschaft vor mir hin und her wedelte.

Ich sammelte die Sachen ein und nahm sie mit zur Kamera. »Also, was ich nicht sehen möchte ist *das* da. Raus aus dem Bild damit.«

»Was soll ich damit anstellen?«, fragte er belustigt.

»Das Bein hoch. Deine Aufnahmen werden sonst sicherlich nicht magisch!«

»Du bist zu frech!«

Ich gab ihm weitere Anweisungen und machte einige Probeschüsse. Dann kontrollierte ich die Aufnahme am Laptop.

»Und?« Er war hinter mich getreten und beugte sich vor, um auch auf den Bildschirm zu starren. Sein Atem schlug sich in meinen Nacken nieder. »Nicht schlecht.«

Ich verbiss mir mein Schmunzeln. Er hatte recht. Wie vermutet war er ein verdammter Hingucker. Diese Bilder niemandem zu zeigen, wäre ein Verbrechen.

Zugegeben, ich will nur angeben. Schau, was für ein heißes Teilchen ich ins Bett bekomme und er ist agil.

Kendrick drückte seinen Mund in meinen Nacken und seinen gestählten Körper dabei an meinen. Er machte es mir nicht leicht, meine Bilder zu bekommen. Ich war mehr als bereit, alles abzubrechen, um meine Zeit mit ihm zu verbringen. Gerne die Nacht, wenn sie ähnlich heiß verlief, wie die letzte, auch wenn ich binnen weniger Tage vermutlich auf dem Zahnfleisch ging. Und meine Arbeit vernachlässigte ...

Ich rief mich mühsam zur Ordnung und befreite mich aus seiner Umarmung. »Zurück auf deinen Platz.«

»Ich bin dran, Liny. Also, was mache ich mit dir?«

Immerhin bekam ich meinen Freiraum. »Du brauchst mir keine Anweisungen geben.« Ich drehte meinen Laptop um und schloss den Selbstauslöser an. Dann umrundete ich ihn und setzte mich an den kleinen See. Den Laptop im Blick, positionierte ich mich.

»Also, das finde ich schon magisch.«

Er lenkte mich ab. Tatsächlich konnte man mittlerweile sehen, wie er das Setting und den Shoot fand. Ich schüttelte den Kopf. »So kommst du mir nicht aufs Bild. Gib mir mal den Auslöser.«

»Lass mich knipsen.« Er kniete sich hin, um mit mir auf Augenhöhe zu sein. »Schau in die Kamera.«

»Sicher nicht.« Ich wandte das Gesicht ab. »Dann mach eine Probereihe.«

Es blitzte und ich setzte mich auf. Es blitzte gleich noch mal. »Hey!«

»Du brauchst dich nicht verstecken, Liny.«

Ein Kribbeln machte mich ganz wacklig. Sein Kompliment? Oder die Art, wie er mich dabei ansah? Die Situation wurde langsam in mehrerer Hinsicht zu heiß. Ich krabbelte ungelenk zum Laptop. Die Beleuchtung war nicht optimal, was mich von den merkwürdigen Empfindungen genügend ablenkte. Ich war eben ein Arbeitstier. Die Lust konnte mich gar nicht so im Griff haben, dass mich ein fachliches Problem nicht fesseln konnte. »Schieb mal den Lampenschirm ein wenig nach rechts.«

»Wie weit?«

»Na, ein bisschen.« Ich stand auf, um ihn selbst zu verrücken.

Er schlang den Arm um mich. »Wie wäre es mit etwas Heißerem?« Sein Atem kitzelte meinen Nacken und weckte mein Verlangen erneut. Nur dieses Mal mit einer ungewohnten Intensität. Meine Knie wurden augenblicklich weich und ich lehnte mich gegen ihn.

Vielleicht lag ich falsch.

Er zog mich fest an sich und ich spürte seine Erregung nicht nur durch seinen Penis an meinem Hintern. Sein Herzschlag pochte an meinem Rücken.

Besinnung! Verdammt, du bist nicht sonderlich professionell!

Ich schlafe mit dem Verwalter, professionell ist das sicher nicht.

Ich brauchte eine bessere Ablenkung, als mich selbst. Schließlich war nicht nur mein Körper bereit, den Job den Bach runtergehen zu lassen. Ich räusperte mich schnell und suchte einen Grund, warum Kendrick dies hier abbrechen müsste. »Hältst du das für den richtigen Ort dafür?« Ich sah über die Schulter zu ihm zurück und kuschelte mich dabei an seine Brust. Er strahlte eine unglaubliche Hitze aus. »Du weißt schon, als bedeutender Ort ...«

Er lachte auf. »Hör auf damit, Liny. Werde ich mir das nun ewig anhören müssen?«

Ich zuckte die Achseln. Es war ihm doch so wichtig gewesen, warum jetzt nicht mehr? »Vermutlich.« Wenn ewig für ihn ein paar Tage bedeutete, ganz sicher. Er legte die Hand an meine Wange und drehte mich in seinen Armen.

»Es ist der richtige Ort für uns«, wisperte er nach einigen zehrenden Küssen. Ich war nahe dran, auf seine Worte Bezug zu nehmen. *Liebende.* Wagte es aber nicht. Er hatte bereits darauf angespielt, dass es mehr werden könnte und ich wollte mich damit nicht auseinandersetzen müssen. Ich wollte nicht darüber nachdenken, ob ich bereit dazu wäre. Ob ich es riskieren könnte. Es war doch irrsinnig. Er arbeitete und lebte auf Farquhar, ich in London. Ganz Britannien lag zwischen uns. Acht Stunden Fahrt. Hunderte von Meilen. Und ganz nebenbei, war er nicht einmal das, was ich mir unter einem zukünftigen Partner vorstellte. Mit all seinen Muskeln, dem schwarzen Haar und seiner herausfordernden Art – nichts für mich.

»Ein paar erotische Aufnahmen?«, raunte er in mein Ohr. »Damit ich etwas von dir habe, wenn du dich in London tummelst?«

Ich erschauerte in seiner Umarmung. Damit er etwas von mir hatte, wenn ich nicht da war. Das klang doch viel zu deutlich nach Zukunft. Ich krächzte, schluckte und sah ein, dass mich das Gespräch viel zu nervös machte. Viel nervöser, als es sollte. Was bedeutete das? Gott, ich brauchte einen Moment, um in Ruhe darüber nachzudenken und in Ruhe bedeutete: Ohne, dass er hinter mir stand und seine verflucht großen, heißen Hände erregend über meine viel zu sensible Haut gleiten ließ!

Ich brauchte eine Ablenkung und spuckte das erste aus, was mir in den Sinn kam. »Ich möchte nicht, dass Nacktfotos von mir im Umlauf sind.« Richtig, das wollte ich wirklich nicht. Zumindest funktionierte ein kleines Teilchen meines Verstandes noch.

»Na, das möchte ich auch nicht. Ich denke, wir haben uns da gegenseitig in der Hand oder?« Er gab mir Raum, damit ich zu ihm aufsehen konnte. »Ich habe sicherlich nicht vor, sie herumzuzeigen.« Ein Lächeln schlich sich auf seine Lippen und er beugte sich vor. »Hey, ich zeige sie mit Sicherheit nicht herum.«

Ich begann zu zittern und lehnte mich wieder schwer gegen ihn. Wusste er, wie verdammt verführerisch er war? Herrje, mir war es fast egal. Die Entfernung, das es gar nicht passte – oder ich gar nicht wissen konnte, ob wir zueinander passten, weil ich ihn schlicht nicht kannte – und die Bilder sowieso.

»Gut.« Mein Herz begann zu pochen. Was genau stimmte ich gerade zu?

Weitere Nächte heißer, ungezügelter Leidenschaft.

Nicht denken! Bilder, es ging hier nur um Bilder. Alles Weitere musste ich erst einmal auseinanderklamüsern, wenn ich allein war. Und Zeit hatte, mich mit mir zu beschäftigen, also irgendwann in sieben bis zehn Tagen. Es war ohnehin besser, in Beziehungsfragen nichts zu überstürzen.

Jetzt ist es schon eine Beziehungsfrage?

Ich löste mich schnell von ihm. Solange er mich berührte, liefen meine Gedanken Sturm und ließen sich scheinbar nicht bändigen. Ich brauchte Abstand. Ich sollte den Kram zusammenräumen und in meine Kammer gehen. Ich sollte nachdenken, bevor ich noch irgendetwas wirklich Dummes tat. Oder noch etwas Dummes.

Feigling. Sex ist nicht gefährlich.

Nein, nur Gefühle waren es und ich war noch nie der Typ für Sex ohne Liebe gewesen. Was jetzt implizierte …

Ich wandte ihm erschrocken den Rücken zu. »Setz dich«, orderte ich harsch und fummelte an der Kamera herum. Das war natürlich Unsinn. Ich kannte ihn gar nicht und bisher war er auch eher zum Abgewöhnen. Was war es dann? Sex. Nur Sex. Ich stellte die Verzögerung ein. Viel Zeit konnte ich damit aber nicht schinden.

Er streckte die Hand nach mir aus, als ich näher kam und zog mich auf seinen Schoß.

»Keine Sauereien!«, warnte ich und machte ein Testbild. »Das sind Blindaufnahmen, wir müssen experimentieren.«

»Gern«, murmelte er und küsste dabei meine Schulter. Ich drückte den Auslöser.

»Man sieht meine Brust.« Ich legte meinen Arm auf seinen. »Küss mich noch einmal. Besser. Okay, ich lehne mich etwas zurück und du küsst meinen Hals.«

Ich schoss eine Reihe und wollte wieder hochkommen, um die Bilder anzusehen, aber er küsste mich einfach weiter. »Hey!«

»Vielleicht sollten wir die Aufnahmen verschieben«, murmelte er, mit den Lippen noch immer an meinem Hals. »Auf später.« Was er in der Zwischenzeit tun wollte, war offensichtlich. Ein Stöhnen entwich meiner Kehle und Lust überrollte mich. Verdammt, wie konnte er mich so leicht erregen?

Wie konnten mich wenige Küsse und oberflächliche Berührungen bereits dermaßen nach ihm verlangen lassen? Ich keuchte. Ich kratzte über seine

Schulterkuppen, bemüht, mich wieder einzukriegen, aber es war nicht bloße Unentschlossenheit. Ich wollte ihn. Ich kämpfte also gegen mich, wenn ich ihn auf Abstand hielt.

»Bitte, ich glaube nicht, dass ich mich noch länger von dir fernhalten kann«, flüsterte er unter Küssen, »du bist zu scharf.«

Ich lachte kratzig auf. Ein Teil von mir verschwand hinter Leidenschaft und Hingabe. Ein Gefühl von Überlegenheit und Macht verfestigte sich. »Und du glaubst, ich bin scharf auf dich, ja?«

Der Klang seines Lachens durchdrang mich bis ins Mark. Ich bebte und schloss die Augen. Mein Gott.

Er drückte meinen Schoß auf seinen. »Aye.« Sein Atem netzte meine Ohrmuschel. »Das glaube ich tatsächlich.«

Ich stöhnte und mit einem Mal war mir gar nicht mehr nach Kabbeln zumute. Ich wollte ihn mit schier unbändiger Leidenschaft. Ich griff in sein Haar und zog seinen Kopf zurück, um ihn küssen zu können. Wild. Es überraschte mich selbst, wie heftig ich auf ihn reagierte.

Seine Hände schlossen sich fest um meine Hüfte und er verstand. Er rutschte etwas, hob mich an und musste mich zurückhalten, denn ich sehnte die Vereinigung bereits herbei.

»Ist das nicht ein wenig zu früh?«

Ich sah in seine funkelnden, blauen Augen. Es wurde mir regelrecht mulmig, aber an Aufhören wollte ich nicht einmal denken. »Nein.«

Er ließ zu, dass ich mich auf ihn absenkte und behielt den Blickkontakt bei. Ich erschauerte und biss mir auf die Lippe. Ich wusste, warum ich mit ihm schlief. Weil ich einfach musste. Weil es mich einfach überkam. Ich schloss die Augen und ließ den Kopf zurückfallen.

»Langsam«, wisperte er an meinem Hals. »Wir haben keine Eile.«

Das sah ich anders. »Hm.« Aber ich ließ ihm seinen Willen, bewegte mich nur ganz langsam auf ihm und ließ mich führen. Er schlang den Arm um mich, um mich aufzurichten und mich wieder auf den Mund küssen zu können. Ich tat es ihm gleich und drängte mich an ihn.

Es war zu gut. Das war das Problem. So aussichtslos es war, mit all meinen Zweifeln, ich konnte dem hier nicht widerstehen. Ich sehnte mich wohl zu sehr nach Nähe und Zärtlichkeit. Damit lag Sina richtig, ich musste zurück in den Sattel. Ich musste es wagen. Jemandem vertrauen, jemanden in mein Leben lassen, in mein Herz. Kendrick? Oder sollte ich mich in London lieber neu umsehen? Nach etwas suchen, was eher meiner Kragenweite entsprach. Jemandem, der mehr sprach vielleicht und lustig war. Jemandem, der mich weniger ablenkte und verstand, was Arbeit bedeutete. *Beherrsche dich und gib dir fünf Minuten ohne den Gedanken an Arbeit! Nur fünf Minuten pure, ungezügelte Lust in den Armen dieses Mannes. Der weiß nämlich, was er tut!*

Es stimmte ja, dass ich mir den Spaß ruinierte, wenn meine Gedanken so wild abwanderten. Und das wollte ich nicht. Das wollte ich mit absoluter Sicherheit nicht. Ich wollte Lust. Ich wollte vergessen. Ich wollte, dass Kendrick mich überzeugte, ganz gleich wo es endete.

Es funktionierte überraschend gut. Kaum auf meine Empfindungen konzentriert, nahm die Hitze überhand. Sie flammte über mir und nahm mir den letzten Rest Bewusstsein. Nun klammerte ich mich erst einmal an Kendrick, als meine Gedanken zerfaserten und nichts blieb, als die Lust, die mich durchschoss. Ich schrie auf, erschrocken und überwältigt und starrte ihn an.

Seine Lider hoben sich langsam und er sah mich mit einem Ausdruck an, der meine Furcht schwinden ließ. Es waren doch nur acht Stunden Fahrt. Und in der Woche hatte ich ohnehin zu viel zu tun, als dass ich Zeit für ihn hätte. Ich konnte meine Freizeit einfach ins Wochenende legen. Vielleicht konnten wir uns abwechseln. Mal kam er runter nach London, mal fuhr ich hoch nach Farquhar. Warum nicht?

Ich legte meinen Mund leicht auf seinen und küsste ihn. Warum nicht. Ich kicherte befreit. Prioritäten setzen, nicht wahr? Was sollte wichtiger sein als das?

***

Kendrick spielte mit meinem Haar. Wir lagen noch an dem kleinen See im versteckten Garten, nackt und erschöpft, genau so, wie ich vor einer kleinen Ewigkeit auf ihm zusammengesackt war. Fiebrig vor Ekstase.

Grillen zirpten, ansonsten war nur unser Atem zu vernehmen, nun und sein Herzschlag an meinem Ohr. Ich grinste. Grenzdebil, wie Sina es sicherlich nennen würde, aber mir war es gleich. Ich fühlte mich auch recht debil mit meiner Entscheidung. Und wagemutig, schließlich war es schon ein enormer Schritt, sich auf etwas einzulassen, das so viele Unwägbarkeiten hatte. Ich erschauerte und Kendricks Hand fuhr über meinen Rücken.

»Ist dir kalt?«

»Nein«, murmelte ich, nicht bereit, mich bereits aus dem Paradies vertreiben zu lassen. Herrje, ich konnte damit leben, wenn wir den Rest unserer gemeinsamen Zeit genau hier, genau so verbrachten. Ich erstickte ein Kichern und kuschelte mich an seine Brust. Sein Daumen glitt über meine Wirbelsäule.

»Lachlan.«

»Gesundheit.«

Er lachte auf und es vibrierte unter meiner Wange. So konnte es bleiben. Der Moment müsste genau jetzt einfrieren und für immer währen. Ich seufzte, denn er schien nicht damit zufrieden, lediglich den Nachhall des Sex zu genießen.

»Mein Name.«

Ich erstarrte. Oh nein. Hitze schoss in meine Wangen und ich krümmte mich leicht. Wie peinlich. Ich hätte fragen sollen. Irgendwann zwischendrin. Wie stand ich jetzt da?

Sein Daumen kam zur Ruhe. »Lachlan.«

Ich musste mich räuspern. »Lachlan, aha.«

»Du hast nicht gefragt.«

»Äh.« Wie verdammt peinlich. »Nein.«

»Ich finde, du solltest wissen, wie ich heiße.«

Ich setzte mich auf, um von ihm runter zu rutschen. Lachlan hielt mich direkt auf und kam mit hoch.

»Du hast nicht gefragt, weil es dich nicht interessiert«, stellte er fest. Er zwang mich ihn anzusehen. »Ist es so?«

»Ich hätte gefragt«, wich ich aus.

Das Runzeln auf seiner Stirn blieb. »Was ist das Problem?«

Ich blieb ihm die Antwort schuldig.

»Mein Job? Meine Nationalität? Bin ich dir nicht gut genug?«, begann er grimmig Mutmaßungen in den Raum zu stellen.

Ich war gezwungen zu reagieren, also schüttelte ich den Kopf. Wie sollte ich ihm erklären, warum ich bisher nicht gefragt hatte? Sollte ich zugeben, wie unangenehm es mir war, nicht gefragt zu haben? Um Verzeihung bitten? Ich stöhnte leise, immer noch unentschieden, was ich tun sollte.

»Ich habe einen Bachelor in Wirtschaftsmathematik und Consulting. Farquhar ist nicht das Aushängeschild für meine Arbeit.«

Ich hätte gurgeln mögen. Diese Verteidigung war absolut unnötig, obwohl Farquhar schon arg mitgenommen wirkte und meiner Meinung nach einiges zu spät in die Wege geleitet worden war. Aber ich hatte nicht vor, ihm das zu sagen. Herrje, ich wollte es doch versuchen. Ich wollte ... Vielleicht war es einfach idiotisch? Vielleicht stand bereits zu viel zwischen uns?

»Du hältst nicht viel von Schotten, aber wir sind ...«

»Schotten?«, unterbrach ich ihn erschreckt. Da musste ein Missverständnis vorliegen. Ich kannte nicht einmal Schotten – abgesehen vermutlich von Mrs Collum – und sicherlich platzte ich nicht vor Vorurteilen. »Schotten sind Engländer und sprechen Englisch.«

Und nicht dieses unverständliche Kauderwelsch, das aus seinem Mund kam, wenn er nicht gerade mit mir und Sina sprach. Gut, es war eine recht platte

Zusammenfassung, die er so auch nicht stehen lassen wollte. Seine dunklen Augen umschatteten sich. »Wir gehören zum britischen Commonwealth, aber wir sind keine Engländer! Und natürlich sprechen wir Englisch, wir sind ja keine Hinterwäldler!«

Ich klappte den Mund zu. Das brachte ihn sichtlich auf. Wir hatten deutlich ein Kommunikationsproblem. Ich hob die Hände und legte sie auf seine Brust. Eigentlich wollte ich ihn fortschieben, hatte aber keinen Erfolg damit. Ich musste mich wohl oder übel damit auseinandersetzen und zwar genau so, wie es gerade war. Weglaufen ging nicht. Ich atmete tief durch. »Das habe ich auch nicht behauptet.«

»Nein, nur gedacht.«

Ich sah verdutzt zu ihm auf. »Nein!« Bestimmt nicht, verflixt ich kannte nicht einmal …

»Carolina, du hast mich behandelt, als sei ich ein Vollidiot! Farquhar.« Er sprach *Farquhar* so überdeutlich und langsam aus, als spräche er mit einem Dummkopf.

Mir ging ein Licht auf. Das war jetzt nicht fair, schließlich war ich davon ausgegangen, dass er mich bei unserer ersten Begegnung auf der Wiese wenige Meilen vor Farquhar, schlicht und einfach nicht verstand. Mir fehlten aber die Worte für eine Rechtfertigung, deswegen machte ich es wie er. »Aye.«

Seine Miene verdüsterte sich noch mehr. Er sah aus wie der Himmel bei dem Unwetter vor wenigen Tagen. »Aye?«

Beängstigend, zumal er immer noch direkt vor mir stand, mich überragte und mich sicherlich mit einem Prankenhieb in Einzelteile schlagen konnte. Ich kam wir vor wie ein Kind. Ich befeuchtete meine Lippen und verdrängte die Erinnerung. Sollte er mich schlagen, war ich ohnehin hilflos, aber einschüchtern ließe ich mich davon nicht. »Du sagtest nur aye. Ich dachte, du verstehst kein Wort.« Ich klang so nervös wie ich war, machte ich auch diesen Eindruck? Sah ich verängstigt aus? Ich leckte wieder über meine Lippen. »Und du hast auch sonst ganz den Eindruck erweckt, mit mir nichts anfangen zu können.« Ich hob das Kinn, um zumindest etwas Distanz aufzubauen. Albern und ich verdrehte die Augen. »Herrje, Lachlan, es tut mir leid. Ich dachte, du verstündest mich nicht und das hat mich frustriert. Es tut mir leid, dass ich unhöflich war.«

Seine Stirn glättete sich. »Gälisch sagt dir nichts, was?« Seine Lippen sprangen in ein träges Grinsen.

Jetzt war ich die Dumme? Sicher nicht. »Klar, ähnlich wie Latein. Sprache der Pikten oder so etwas?«

Er zuckte die Achseln. »Gut genug. Aye bedeutet ja. Ich habe all deine Fragen bejaht.«

Nun war es an mir, die Stirn in Falten zu legen. Hatte ich nicht gefragt, ob er eine andere europäische Sprache spricht?

»Qui, yes, ja, si. Wäre das deutlicher gewesen?«

Ich riss die Augen auf und keuchte, mehr Luft bekam ich dadurch aber nicht in die Lungen. Ups. Er hatte allen Grund gehabt, sich wie ein Ekel aufzuführen. »Die deutlichen Worte tun mir auch leid.«

»Tatsächlich? Klang, als käme es dir aus dem Herzen.« Sein Grinsen wurde breiter und er legte mir die Hand an die Wange. An die plötzlich brennende Wange.

»Äh.«

Sein Daumen streichelte sacht über sie. »Schwamm drüber.« Er beugte sich vor und zog mich gleichsam enger an sich. Sein Kuss war eine sanfte Liebkosung. »Liny, geh morgen mit mir aus, ganz gleich, wie weit du mit deiner Arbeit bist. Wir müssen reden«, wisperte er an meinen Lippen.

»Rede doch jetzt«, gab ich leise zurück. Ich schlang die Arme um seinen Nacken. Vielleicht sollte ich ihn besser auffordern, den Mund zu halten. Meine Lippen verzogen sich zu einem Grinsen. Ja, er sollte besser den Mund halten.

»Geh aus mit mir«, wiederholte er. »Bitte.«

»Hm«, raunte ich.

»Im Dorf gibt es ein recht gutes Restaurant.« Seine Nase stupste meine an. »Sag ja.«

»Ja.« Es war raus, bevor mir klar war, was ich tat. Ich stoppte seinen Versuch, mich zu küssen. »Warte, hast du mich gerade ausgetrickst?«

Sein Grinsen unterstrich er mit einem Zwinkern. »Aus der Nummer kommst du nicht wieder raus, Liny. Morgen Abend. Es gibt einiges, worüber wir reden sollten, bevor wir weitermachen.«

Trotzdem verloren wir erst einmal kein weiteres Wort.

Kapitel 5

Eine lange Nacht

Wir verstauten das Equipment im Kontor. Er hatte es vorgeschlagen, da er als einziger einen Schlüssel zu dem Raum besaß und es idiotisch wäre, alles auf mein Zimmer zu schleppen, nur um es am Morgen wieder herunterzubringen.

»Also, Liny«, murmelte er und schob mich aus dem Zimmer. »Das Kontor reizt mich nicht, aber es gibt ganz lauschige Plätzchen für uns zwei.«

Ich musste einfach lachen. Er war unmöglich, aber mir war sicherlich jedes Zimmer recht, solange es nicht die Kammer unter dem Dach war. Egal, ob seine oder meine, die sich nur im Grad der Anzahl von Achtbeinern unterschied.

»Machst du dich schon wieder über einen armen Trottel lustig?«, grummelte er und zog mich weiter.

»Ich frage mich nur, was du von mir denken musst.« Ich sorgte mich schon fast darum, nach all dem, was ich mir bereits hatte anhören müssen. Dabei beruhte fast alles auf Missverständnissen.

»Ich denke, dass du von deinem Bett nicht begeistert bist.«

Ich wog den Kopf, damit lag er ziemlich richtig.

»Und ich von meinem auch nicht. Mal abgesehen davon, dass wir im ganzen Stock zu hören wären.«

Schön, dass er sich darum Gedanken machte. Ich hätte keinen daran verschwendet. »Besser nicht.«

»Eben, zwar scheint Sina nicht knickrig zu sein, aber ich will auch nicht, dass du Probleme bekommst.«

Wie rücksichtsvoll. Ein warmer Schauer rieselte über meinen Rücken und ich ging schneller, um mich an ihn kuscheln zu können. »Was schlägst du vor?«

Lachlan drehte sich am Fuß der Treppe und hauchte mir einen Kuss auf den Mundwinkel. »Lass dich überraschen.«

Ich zuckte die Achseln. Fein, ich war nicht sonderlich neugierig und überlebte es sicherlich, auf die Überraschung zu warten.

Lachlan führte mich die Treppe hinauf, aber nicht bis unter das Dach. Im ersten Stock bereits lenkte er mich in den Flur zur Rechten und dort bis fast ans Ende. Er ließ mich stehen und drehte sich zu mir um. Sein breites Grinsen weckte hohe Erwartungen. Er sah aus, als wolle er mir die Kronjuwelen präsentieren.

Ich sah mich schnell um. In dem Teil des Hauses war ich bisher nicht gewesen, weil es die privaten Räumlichkeiten der Hausherren beinhaltete. Sperrgebiet. Ich runzelte die Stirn. Es hatte durchaus was, mit dem Verwalter zu tändeln, wenn man dafür Zutritt zu untersagten Zimmern erhielt. Aber sah er es auch so? Dachte er, ich schliefe nur mit ihm ... Mann, das war mir echt zu kompliziert.

»Dies hier ...« Lachlan schob die Flügeltür in seinem Rücken auf.

»Halt.« Ich hob die Hand und machte einen schnellen Schritt vor. »Warum bringst du mich hierher?« Ärger köchelte in mir. Vielleicht war ich ungerecht, das wollte ich gar nicht bestreiten, aber ich wollte nicht, dass er mir Hintergedanken unterstellte. Ich wollte mir nicht irgendwann anhören, ich hätte ihn nur ausgenutzt. Absurd. Ich rieb über meine Stirn. Das war echt zu kompliziert. Jetzt schon.

»Weil uns hier niemand stört.«

Was? Mein Blick zuckte in sein Gesicht.

Er hatte den Kopf zur Seite geneigt und betrachtete mich. »Wir sind uns doch einig, nicht gestört werden zu wollen?« Seine Brauen hoben sich bedeutend.

»Ja.«

»Gut. Komm.« Er ging rückwärts und schob dabei die Flügeltüren auf. Der Raum hinter ihm lag im Dunkeln und er verschwand.

Ich folgte ihm zögerlich. »Lachlan?« Licht blendete mich und ich drehte das Gesicht.

»Zu grell.« Er dimmte die Leuchter. »Ich verstehe nicht, warum es so hell sein muss, aber so war die Vorgabe.« Er griff nach meinen Fingern und zog mich weiter. »Das hier ist das Herrschaftsschlafzimmer. Sagt dir das was?«

Ich wagte einen Blick. Es hatte ungefähr die Ausmaße eines halben Fußballfeldes. Die eine Seite beherbergte eine Fensterflut, die andere war mit wuchtigen Gemälden dekoriert. Die Tapete war edel und golddurchwirkt. Keine Frage, hier war Farquhar in all seiner Pracht zu sehen. Ich drehte mich. »Wow. Ich bin auf Charme gestoßen.«

Lachlan lachte auf und legte die Arme um mich. »Endlich.«

»Man kann sich direkt vorstellen, dass es hier schon vor hundert Jahren genau so aussah.« Ich kuschelte mich an ihn.

»Nicht ganz. Die Lüster sind neu, allerdings Repliken der früheren Kristalllüster und die Gemälde ...« Er drehte uns in die Richtung. Seine Lippen drückten sich flüchtig auf meine Wange. »Sind keine dreißig Jahre alt.«

Ich betrachtete das Gemälde. Eine junge Frau, lächelnd und sich ihrer Bedeutung wohl bewusst. Sie trug eine Art Krone, passend dazu auffällige Ohrringe, Kette, Brosche und ein ebenso protziges Armband.

»Die Duchess of Skye«, murmelte er.

»Warum hängt sie hier?«

Er zuckte die Schultern. »Ist das Schlafzimmer ihres Mannes.«

»Ah. Wer hat denn ein Gemälde seiner Frau in seinem Schlafzimmer?« Andererseits hatte man schließlich Fotografien auf dem Nachttisch stehen.

»Der Duke und eine ganze Reihe seiner Vorfahren.«

»Hm.«

»In der Galerie hängen die vormaligen Dukes und Duchessen of Skye, seit Farquhar in ihrem Besitz ist.« Seine Wange kratzte über meine.

»Ist nicht Prince William ein Duke of irgendwas?« So genau kannte ich mit diesen Adelsgeschichten nicht aus.

»Richtig. Aber das Dukedom of Skye ist wesentlich älter als die Dynastie des gegenwärtigen britischen Königsgeschlechts.« Er hatte einen merkwürdigen Klang in der Stimme. Stolz? Konnte man sich derartig mit seinem Arbeitgeber identifizieren?

Ich drehte mich, um ihn ansehen zu können anstelle des Gemäldes. »Schotte, nehme ich an?«

Seine Lippen wellten sich. »Aye.«

»McIrgendwas.«

»McDermitt.«

»Hm. Dein Arbeitgeber ist also ein Duke. Was ist dann der Bräutigam? Der Sohn des Dukes? Weiß George ... Oh, Mann, das wird ein Desaster.« Besser ich kündigte auf der Stelle und kehrte der Insel mit eingezogenem Schwanz so schnell wie möglich den Rücken.

»Mach dir keine Sorgen, Liny«, flüsterte er, bevor er mich sacht küsste.

Ich gurgelte erneut. Er war schon lustig. »Reich, berühmt und auch noch adelig. Weißt du, wie unsere Vorbereitungen da wirken werden? Stümperhaft. Wenn du mich fragst, übersteigt das George Fähigkeiten bei Weitem.«

Lachlan brummte etwas.

War es ein Fehler, nicht hundertprozentig hinter seinem Arbeitgeber zu stehen? So wie er es tat. Hielt er mich für untreu, illoyal? Aber ich hatte echt ein Problem mit der Identifizierung. Ich war mit Christoph damals förmlich verschmolzen. Sein Erfolg wurde zu meinem und ich hatte nicht nur sprichwörtlich Tag und Nacht gearbeitet. Das Ende vom Lied war schmerzhaft – noch immer. Zu meiner derzeitigen Aufgabe hatte ich mehr Abstand. Wesentlich mehr. Zu viel?

»Objektiv.« Ich räusperte mich. »Und ich glaube immer noch, dass Farquhar nicht geeignet ist. Tut mir leid, Lachlan, aber der Großteil des Gebäudes ist nicht vorzeigbar.«

Ich spannte mich an. Wie reagierte er auf die neuerliche Kritik an diesem Haus? An seiner Arbeit, wenn man es ganz bitterböse betrachten wollte.

Lachlan seufzte und zog mich enger an sich. »Das ändert sich«, murmelte er. »Es ist schauderhaft, wie manche Teile des Anwesens aussehen, das gebe ich zu.«

Ich stieß den Atem aus und lachte. »Ich dachte, du drehst mir den Hals um!«

Stattdessen drehte er mich, um mich anzusehen. Sein Blick glitt einer Liebkosung gleich über mein Gesicht und seines zeigte einen absolut entspannten Ausdruck. »Ich bin deiner Meinung.«

Mein Mund klappte auf und er hob mein Kinn wieder an.

Er küsste mich sanft. »Farquhar war nicht in den besten Händen in den letzten zwanzig Jahren. Viele Modernisierungen wurden nicht in Angriff genommen und Restaurierungen nur oberflächlich ausgeführt.«

Ich war baff.

»Ich habe fast ein Jahr gebraucht, um einen vollständigen Überblick über den Zustand zu bekommen und es hat fast genauso lang gebraucht, kompetente Arbeiter aufzutreiben.« Lachlans Lippen zuckten. »Ich hatte auch keine Eile, dachte ich. Mach es richtig, dachte ich.« Er lachte auf und drückte seinen Mund auf meinen, um den Laut abzuwürgen. »Ich habe nicht mit Hochzeiten gerechnet.«

»Die Hausherren sind nicht oft hier oder?«

Lachlan schüttelte den Kopf. »Nicht mehr.«

Ich seufzte schwer. Welche Verschwendung, ein Haus Leerstehen und verfallen zu lassen, das so viel Potential hatte.

»Es ist gewöhnlich das Heim des Erben.« Er räusperte sich. »Sie werden hier wohl ihre Flitterwochen verbringen.«

Ich schielte zum Bett. Flitterwochen in so einer Umgebung – unbezahlbar.

»Obwohl ich mir sicher bin, dass sie es hier keine zwei Wochen aushalten werden.«

Ich sah zu ihm auf. »Schlimm?«

»Nein. Ich bin hier ganz gern allein.« Seine Lippen kräuselten sich wieder. »Ich fühle mich hier heimisch.«

»Ich hielt dich für den Schafshirten und wollte mich über deine Viecher beschweren«, behauptete ich kichernd. Eine kleine Anspannung blieb. Wie reagierte er wohl auf meine Herausforderung?

Er lachte auf. »Es sind meine Schafe.«

Die Mimik entgleiste mir. »Echt?«

»Ja. Hobby, wenn man so will. Es ist mein Weg der Entspannung.« Er grinste breit und schob mich durch den Raum. »Ich könnte mir aber auch andere Wege vorstellen.«

»Soll ich fragen, welche?«, schnurrte ich und versuchte, ihn zu küssen. Da wir offensichtlich Richtung Bett unterwegs waren, war es ohnehin nur eine rhetorische Frage.

»Da gibt es etwas, was fast so gut ist, wie das Rauschen des Meeres«, murmelte er und ließ sich fallen.

Ich schrie auf und landete im Bett. »Fast?«, keuchte ich. »Na, dann geh zu deinen Schafen!«

Lachlan begrub mich unter sich und verschlang mich mit seinen Küssen. »Mach mäh.«

Ich boxte ihn in die Schulter. »Blödmann!«

»Soll ich dir einige gälische Beleidigungen beibringen?« Er ließ seinen Mund abwandern, glitt an meinem Hals entlang, während seine Hand an ihrer Seite herabrutschte. »Amadain. Idiot.«

»Du willst beschimpft werden?« Ich streckte meinen Hals, damit er ihn besser liebkosen konnte. »Ama...«

»...dain«, beendete er. Lachlan biss mich sacht. »Amadain. Und nein. Darum geht es mir nicht.«

»Sondern?«

»Dein Repertoire zu erweitern.« Er schob meine Bluse über meinen Bauch.

»Amadain.«

Er lachte an meiner Brust. »Du hast Talent. Komm hoch.« Er zog mich in Position und mein Shirt über den Kopf. »Wie wäre es mit etwas Freundlichem? Danke. Tapadh leat.«

»Amadain.« Er glaubte doch nicht ... »Lachlan, ich habe gerade gar kein Interesse an einer Lehrstunde.«

»Mo ghràidh, an toir thu pòg dhomh.« Er verschloss meinen Mund, küsste mich mit unglaublicher Leidenschaft. Er schob sich zwischen meine Schenkel.

Süße Lust ließ mich beben. Wahnsinn, was er mit mir machen konnte. Wie er mich fühlen lassen konnte. Ich biss mir auf die Lippe, um mein Stöhnen zu unterdrücken.

Lachlan bemühte sich nicht leise zu sein. Sein Laut vibrierte auf meinen Lippen. »Liny, was willst du?«

»Hm?«

Er stemmte sich auf, sah auf mich herab. »Wie möchtest du es?«

Feurig.

Er streichelte meine Wange. »Es ist so schwer, dich einzuschätzen.«

»Warum willst du das?«

»Du kannst ziemlich giftig sein, ich bevorzuge dich aber so«, murmelte er, sich vorbeugend. »Nachgiebig. Süß. Aufgeschlossen.«

»Da haben wir ein Problem.« Und eines, das nicht gerade klein war. »Ich bin generell eher …«

»Gerade heraus.«

Ich stockte.

»Nichts dagegen.« Er drückte mir einen weiteren Kuss auf. »Und du bist wahnsinnig süß.« Seine Hand rutschte in meine Hose. »Wenn du willst.«

Da war er im Irrtum. »Du kennst mich gar nicht.«

»Nein wohl nicht.« Er stoppte nach einem gehauchten Kuss und stemmte sich wieder auf. »Aber das können wir ändern.«

Ich ließ meine Hände über seine Oberarme wandern. »So?«

»Liny. Carolina. Wo kommst du her?« Sein Zeigefinger fuhr über meinen Wangenknochen. »Hildebreckt.« Seine Brauen stießen über der Nasenwurzel zusammen. »Deutschland. Österreich? Schweiz.«

»Deutschland.«

»Ich war schon einmal in Berlin, vor ein paar Jahren und in München für dieses Fest.«

»Oktober?«

»Aye!« Er schmunzelte. »Oktoberfest.«

»Da war ich noch nie.« Ich zuckte die Achseln. »Ich komme aus Hamburg, München ist nicht gerade um die Ecke.«

»Wir sollten mal zu einem Highland-Festival gehen.« Wieder rieb er über meine Wange. »Man bekommt bestimmt imposante Bilder.« Er runzelte die Stirn. »Allerdings wenige romantische.«

»Du meinst dieses Baumstammwerfen oder?« Ich kicherte, Muskelberge in rockähnlichen Kilts vor Augen, die ganze Baumstämme balancierten, um sie möglichst weit zu werfen.

»Es gibt auch noch andere Disziplinen, aber ja.«

Ich lachte auf und erstickte meine Belustigung schnell mit dem Handrücken. »Machst du mit?«

»In einer Disziplin müssen die Partnerinnen quer durch eine Schlammbahn getragen werden.« Seine Brauen hoben sich warnend, aber ich kicherte trotzdem.

»Ich hoffe, es gibt Punktabzug für jeden Schlammspritzer, den sie dabei abkriegen.«

»Du hast es erfasst«, brummte er und schob die Finger in meinen Nacken. Er küsste mich. »Zufällig ist einer der Wettkämpfe hier ganz in der Nähe.«

»Ist das eine Einladung?«

Er brummte ein Aye. »Wir können den Tag dort verbringen, Abends schön Essengehen und die Nacht ...« Er beugte sich wieder vor und ließ keinen Zweifel an seinen Plänen für die Nacht.

Mein Hintern vibrierte und ich stöhnte innerlich. Warum hatte ich das blöde Ding dabei?

Lachlan fischte nach meinem Telefon und hob es über meinen Kopf. »Du willst nicht rangehen oder?«

Wollen? Nein, sicher nicht. »Wer ist es?«

Lachlans Miene verdüsterte sich, als er einen Blick auf das Display warf. »Christoph.«

Mein Herz stockte. Ich hatte mich wohl verhört.

Lachlans Blick legte sich wieder auf mich. Er stellte sie nicht, obwohl die Frage in jeder Faser seines

Körpers zu spüren war. Seine Anspannung und der Kampf dagegen.

Ich krächzte. Musste ich dran gehen? Fast ein Jahr hatten wir nicht miteinander gesprochen. Ich hob die Hand, um das Telefon anzunehmen und sah selbst auf das Display. Unser Pärchenbild leuchtete mich an. Ups. Ich räusperte mich. »Ich habe keinen Grund abzunehmen.« Und das war schlicht ein Fakt. Wir hatten uns getrennt. Er war mit seiner Carmen zusammen und ich wollte gar nicht wissen, wie es ihm ging. Nicht aus Ärger über die Art unserer Trennung oder weil mich sein Glück belasten könnte, sondern, weil es mich nicht interessierte. Ich ließ die Hand fallen und gab dem Handy einen extra Schubs. »Das ist schon lange vorbei.«

»Dein Ex.« Es beruhigte ihn nicht. »Warum ruft er an?«

Ich zuckte die Achseln. »Keine Ahnung. Und es ist mir eigentlich auch egal.« Ich schob die Fingerspitzen über seinen Arm. »Lachlan, du wirkst wie ein Grizzly.«

Er brummte etwas.

»Wir waren eine Weile zusammen, aber es hat sich gezeigt, dass wir unterschiedliche Vorstellungen vom Leben haben.« Das klang abgeklärt und es wunderte mich selbst, mit welcher Gelassenheit ich an die Episode zurückdenken konnte. »Hey, ich möchte den Abend nicht ruinieren, indem ich über Christoph spreche. Oder Beziehungskiller im Allgemeinen.« Das wäre doch ein Desaster.

»Beziehungskiller?«, grummelte er. Sein Blick blieb an meinen Lippen hängen und er schluckte.

»No Goes. Fehler. Dummheiten.« Ich hob den Kopf, um ihn zu küssen. »Lass uns die Nacht genießen.« Und endlich aufhören, zu reden.

»Vielleicht sollten wir reden«, brummelte er, ließ sich aber auf meine Liebkosung ein und küsste mich. »Es gibt Dinge, die wir übereinander wissen sollten.«

Ich wob meine Finger in sein Haar. »Lachlan.«

Er stöhnte an meinem Mund. »Es gibt so viele Dinge ...«

»Später«, wisperte ich. »Ich will dich spüren.« Seine Hitze, sein Verlangen, seine Stärke.

Ich war selbst erstaunt, wie ernst es mir damit war. Aber es gab nichts, was ich wissen müsste. Nichts, was mir wichtiger wäre, als in seinen Armen Erfüllung zu finden.

***

»Liny«, murmelte Lachlan an meinem Hals und weckte mich damit. Ich blinzelte und reckte mich, in einem wohligen Gefühl badend. Es war dunkel im Zimmer, aber ich erkannte es trotzdem direkt und kicherte albern. Bibliothek. Check. Herrenschlafzimmer. Check. Blieben noch zirka zweihundert Räume, die wir nutzen konnten. »Hast du gut geschlafen?«

»Mhm«, machte ich gedehnt und drehte mich in seiner Umarmung. »Und du?«

»Ein wenig.«

»Schlechtes Gewissen?« Ich kicherte. »Immerhin sind wir hier im Schlafzimmer deines Arbeitgebers und die Duchesse hat uns zugesehen.«

Ein merkwürdiger Ausdruck flog über seine Miene und er brach den Blickkontakt.

»Ah, blöde Bemerkung, was?« Ich biss mir auf die Lippe. Sollte ich mich entschuldigen? Dass ich meine vorlaute Klappe auch nicht bezähmen konnte!

»Das sollten wir vielleicht nicht herumposaunen.«

»Sorry«, räumte ich sanft ein und legte meine Hand auf seine Brust. Ich spreizte die Finger und fuhr durch seinen Flaum. Ein anregendes Kribbeln begleitete die Berührung.

»Schon gut. War ja meine Idee.« Er zog mich an sich und küsste mich. »Ich bin einigermaßen eingespannt heute. Aber wenn du warten kannst, bring ich dir dein Equipment in den Garten.«

»Ich muss meine bisherige Arbeit sichten und eine Kollage für Sina zusammenstellen. Sie will auf dem Laufenden gehalten werden.« Ich seufzte schwer. »Aber danke für das Angebot.«

»Purer Egoismus«, grummelte er, mich auf den Rücken rollend. »Wenn du es selbst machst, bist du mir nachher zu müde, um mit mir auszugehen.«

Ich lachte auf und konnte mich kaum wieder zusammen nehmen. Mir war danach, einfach zu kichern. Albern zu sein. Vielleicht auch frivol, denn ihn an mir zu spüren ... Ich seufzte an seinen Lippen und schlang die Beine um ihn.

»Liny, du machst mich fertig.«

Wieder lachte ich.

»Mein Ernst.« Er küsste mich. »Und so gerne ich fortfahren will ...«

»Eine halbe Stunde?«, zog ich ihn auf. »Die wird keinen Unterschied machen.«

Lachlan grollte und biss mir sacht in die Lippe. »Jetzt machst du dich schon wieder lustig?«

»Egoismus.« Ich leckte über seine Lippen. »Wenn ich dich aufbringe, willst du mir vielleicht das Gegenteil beweisen.« Ich zwinkerte übermütig.

»Heute Abend, Carolina.« Er verschloss meinen Mund. »Und ich verspreche ein einzigartiges Erlebnis. Einverstanden?«

»Hm«, raunte ich, gefangen im Gefühlssturm. Ich wollte ihn nicht gehen lassen, ganz sicher nicht.

»Ich überlege mir etwas noch Imposanteres.«

Ich prustete. »Das geht? Hey, der Raum ist schon einschüchternd atemberaubend.«

»Wirklich? Bisher warst du von Farquhar nicht sonderlich begeistert.«

Ich schob eine Strähne seines dunklen Haares aus seiner Stirn. »Ich war von nichts zu begeistern, Lachlan. Du hättest mich im Buckingham Palace herumführen können und ich hätte ihn sicherlich nicht gewürdigt.«

Seine Brauen stießen über seiner Nasenwurzel zusammen.

»Ich war nicht objektiv. Liegt am Thema.« Ich zuckte die Achseln und brach den Blickkontakt. Ich ließ meine Zunge über meine Lippen schnellen und bezähmte mich gerade noch, nicht wild rumzurutschen. »Ich finde Hochzeiten nicht so prickelnd und diese gestellte Romantik ist auch nicht mein Ding.«

»Was bedeutet?«

Ich hob die Lider und riskierte einen Blick. »Ich mag echte Dinge. Verständnis, Humor, Zuneigung. Ich brauche keine Lippenbekenntnisse oder teure Geschenke.« Christoph hatte immer behauptet, mich zu lieben und konnte mich dann doch ohne mit der Wimper zu zucken betrügen. Er hatte sich für Carmen entschieden und meine Welt damit auf den Kopf gestellt. Ich betrachtete Lachlan. Sein wuscheliges Haar, der nicht weniger unordentliche Bart, die strahlenden Augen ... Danke Christoph.

»Das macht es mir nicht einfacher, Carolina.«

Ein Grinsen hob meine Mundwinkel und ich streichelte seine Wange. »Der Bart ist schrecklich, weißt du das?« Ich seufzte tief. »Aber, wenn du den Heideschrat spielen willst, passt er perfekt.«

Sein Blick wurde messerscharf. »Du willst, dass ich mich rasiere?«

»Nein. Wenn du es so magst, lass es so. Das ist mir nicht wichtig.« Schließlich konnte ich ihn sicherlich auch nicht dazu bringen, zwanzig Kilo Muskelmasse zu verlieren und die war viel offensichtlicher nicht mein Ding. Obwohl ... Ich ließ die Hände abwandern, über seine gestählten Schultern, an seinen Armen herab. Es hatte schon was.

»Was ist dir wichtig?«

»Belüg mich nicht.«

Er nickte bedächtig. »Gut.«

»Ich arbeite gern und vermutlich auch zu viel.«

»Und magst dabei nicht gestört werden.«

Richtig. Oder? Die Unterbrechung gestern war mir schon recht gewesen. Ich erschauerte bei der angenehmen Erinnerung und kuschelte mich an ihn. »Ach, das ist wohl situationsabhängig.«

»Was ist mit deiner Familie? Vermisst du sie?«

Ich erstarrte und schob ihn von mich. »Das ist kompliziert.« Wow, das klang wie ein Peitschenhieb.

»Entschuldige.« Seine Finger streiften meinen Rücken, als ich mich aufsetzte und zum Bettrand rutschte.

»Wir sollten keine Zeit vertrödeln.« Ich musste um das wuchtige Vierpfostenbett herum. Lachlan erwartete mich bereits auf der anderen Seite.

»Bist du mir böse?«

»Nein«, murrte ich, mit meinen Gefühlen kämpfend. Ich sprach so gut wie nie über meine Familie und dachte auch nicht häufiger an sie. Irgendwie erschütternd. »Ich vermisse meine Schwester. Es ist kompliziert.« Ich stieg in meine Wäsche und zog sie in Position.

Lachlan legte die Arme um mich. »Gut«, brummelte er. »Ich frag nicht mehr.«

Seine Körperwärme lullte mich ein und ich stoppte meinen Versuch, mich aus seiner Umarmung zu befreien. Seine breiten Arme schlossen sich fest über meiner Brust und sein Mund drückte sich an mein Ohr. »Entschuldige.«

Ich seufzte. »Natürlich.« Ich schloss die Augen und genoss die Ruhe. Ich fühlte mich wie in einem Kokon, behütet und sicher. Albern, aber so war es nun mal.

»Meine Familie ist auch nicht gerade leichte Kost. Vielleicht sollten wir uns damit noch Zeit lassen.«

»Da ist nur noch mein Vater. Meine Schwester ist weg. Mehr Familie habe ich nicht mehr.« Ich zuckte die Achseln. »Alles Einzelkinder und die Großeltern früh verstorben. Ich habe sie nicht kennengelernt.«

»Hört sich traurig an.«

»Ja. Aber Dinge sind, wie sie sind.« Da konnte man noch so sauer auf sich und die Welt sein, es änderte sich nichts. Lustig, dass gerade mir das auffiel, schließlich war ich ein Jahr lang ziemlich bockig herumgelaufen.

»Meine Familie ist riesig. Wird ziemlich anstrengend, wenn man sich länger mit ihnen beschäftigt.« Er hauchte einen Kuss auf meinen Hals. »Man ist wohl nie zufrieden mit dem, was man hat, hm?«

Ich verrenkte mir fast den Hals, um zu ihm aufzusehen. Er sah nicht gerade wie ein Philosoph aus, aber vielleicht musste ich auch endlich eingestehen, dass der erste Blick verdammt trügerisch sein konnte.

Kapitel 6

Eine unangenehme Überraschung

Ich spielte mein Video ab. Es waren bisher nur knappe drei Minuten, aber schon mal ein guter Anfang. Sina verfolgte die Show aufmerksam.

»Ja, das geht doch in die richtige Richtung!« Sie zwinkerte mir zu. »Du hattest den richtigen Riecher mit dem Garten. Ich bin froh, dass wir das durchgepaukt haben.«

Ich grinste breit. »Und ich erst!« Ich hatte dafür nur mit Lachlan schlafen müssen. Ich biss mir auf die Lippe, um es nicht auszusprechen. Ohnehin dachte ich die ganze Zeit an ihn und es lenkte mich gehörig ab.

»Gute Arbeit, Liny, weiter so!«

»Danke. Ich habe gesehen, dass die Handwerker im Ballsaal fertig sind. Ich werde dort nachher ein paar Aufnahmen machen. Wann kommen die Blumen?«

»Übermorgen. Ich habe leider noch keine Bestätigung des Brautpaares bekommen.« Sie zuckte die Achseln und ich tat es ihr gleich.

»Sind wohl vermögend und wollen die Lokation geheim halten.«

Sina klappte den Mund auf. »Weißt du da mehr als ich?«

»Lachlan kennt sie.« Wieder zuckte ich die Schultern und zog Sinas Laptop zu mir, um die Anwendung zu schließen.

»Lachlan?«

Ich erstarrte. Ups. »Mr Kendrick. Er half mir mein Equipment ...«

»Natürlich.« Ihr Ton verriet ihre Zweifel.

»Also, was steht heute bei dir an?«

Ein zu offensichtlicher Versuch, sie abzulenken und sie lachte auf. »Wie war das? Kein Interesse?«

Ich warf ihr einen strafenden Blick zu, kam aber nicht mehr dazu, sie zu rügen, weil die Tür aufgerissen wurde und George in den Salon stürmte, den Sina als Arbeitszimmer zweckentfremdete.

»Carolina!«, brüllte er und ein Schlag durchzuckte mich. Mein Herz sackte augenblicklich ab und ich fragte mich, was passiert war.

Er blieb vor uns stehen und starrte mich aus wutglimmenden Augen an. »Willst du mich ruinieren?!«

Irritiert starrte ich ihn an. »Wie bitte?«

Er wedelte mit einer zusammengeklappten Zeitung vor meiner Nase herum. »Mach es wenigstens nicht so öffentlich!«, spie er und ich verstand noch immer nicht, worauf er hinaus wollte. Ich schüttelte den Kopf.

»George, worum geht es denn?« Sina warf mir einen vorsichtigen Blick zu.

George warf mir die Zeitung entgegen. »Sie fickt den Bräutigam!«

»Unsinn!«, verteidigte ich mich und klappte die Sun auf. Ein Revolverblättchen. Na ja, DAS Revolverblättchen Englands. Gleich die Titelseite ließ mich keuchen. *McDermitts heißer Ritt.* Leider war das Bild kein bisschen verpixelt und zeigte mich nur zu deutlich. Halbnackt. Am Fenster der verfluchten Bibliothek. Ich schluckte entsetzt.

»Das ... das ist nicht ...« Der fettgedruckte Name sprang mir ins Auge. McDermitt. »Das ist ein Irrtum.« Das konnte passieren, schließlich erkannte man Lachlan auf dem Bild nicht halb so gut wie mich. »Das ist ...«

George riss mir das Klatschblatt aus der Hand und schlug die Seiten um. Es klatschte vor mir auf den Tisch. Eine halbe Seite bedeckte das recht delikate Bild. Lachlan mit mir zusammen in recht inniger Weise küssend und als schickes, kleines Porträt gleich daneben. *Ian McDermitt, Verlobter von Cheyenne Boularouse. Lachlan, ganz eindeutig, trotz des feinen Zwirns, der Rasur und dem gekürzten Haar.*

»Oje«, flüsterte Sina neben mir. »George, das ist ein Irrtum. Er stellte sich als ...«

»Das ist mir scheißegal! Sie hatte hier einen Job zu erledigen, stattdessen fickt sie den Auftraggeber! Du bist raus, Carolina! Pack deine Sachen und verschwinde!«

»George, wir ...«

Mir fehlte schlicht die Sprache, um mich selbst zu verteidigen. Gefeuert? Das war schlicht ein Desaster!

»George«, haspelte ich. »Es hat meine Arbeit nicht beeinträchtigt.« Ich klappte den Mund zu. Moment. Ich sah auf die Zeitung hinab und streckte die Hand aus, um mit den Fingern über das Papier zu streichen. Lachlan, war nicht Lachlan. Ich bekam den Kloß nicht heruntergeschluckt. Dunkles Haar, dann die Augen und das breite Grinsen. Gut auf dem identifizierenden Bild, gleich neben dem mit uns, war er geschniegelt, rasiert und mit anständiger Frisur abgebildet. Ein Irrtum, oder? Lachlan war Ian McDermitt.

Meine innere Stimme kreischte vor Lachen. Meine Finger wurden kalt und ich weigerte mich noch immer, es zu glauben. Ich lag falsch. Absolut falsch. Aber umso länger ich das Bild anstarrte, umso weniger ließ es sich bestreiten. Lachlan war Ian McDermitt. Ich schluckte, zitterte am ganzen Leib und fühlte mich dermaßen dämlich, dass Wut in mir aufbrodelte. Verdammt sei der Job! Ich sprang auf und rannte hinaus. Die Tür schlug einem Donnerkrachen gleich hinter mir zu und ich zuckte zusammen. Meine Augen brannten fürchterlich, aber ich wollte nicht weinen. Ich erreichte die Treppe im Vestibül und streckte die Hand nach dem Geländer aus, um mich einen Moment festzuhalten, schließlich fühlte ich mich, als stünde ich neben mir. Schwankend, bebend. Ich schloss die Lider, aber das machte es nur noch schlimmer. Ein Schluchzen steckte mir plötzlich in der Kehle und ich riss schnell die Augen wieder auf. Eines war mehr als deutlich: Ich musste raus hier, bevor ich mich nicht mehr unter Kontrolle hatte.

»Liny.«

Ich würgte fast und Galle verätzte mir die Speiseröhre, als mein Blick auf ihn fiel. Mistkerl. Seine Brauen zogen sich zusammen und er lief lässig die Stufen herunter. Verfluchter Mistkerl.

»Hey?« Er streckte die Hand nach mir aus und ich wich zurück.

»Fass mich nicht an!«, zischte ich.

Er runzelte die Stirn. »Viel zu tun?«

Ich lachte auf und es klang, als riebe man rostiges Metall übereinander. »Oh, ja.« Ich ließ ihn stehen und nahm die Stufen in gefährlicher Hast. Meine karge Kammer begrüßte mich mit nüchterner Häme. Ich blieb einen Moment schlicht stehen, durcheinander von all den widerstreitenden Gefühlen, dann rief ich mir ein Taxi. *Nicht denken,* beschwor ich mich eindringlich, *nicht sondieren, filtern, nachdenken und gute Gründe für sein schäbiges Verhalten finden.* Die hatte er. Er konnte sich rechtfertigen, aber verdammt noch mal, diese eine Sache war mir zu wichtig. Ich wollte nicht mehr belogen und hintergangen werden und das hatte er schlicht und einfach in einem Ausmaß getan, der selbst Christophs Betrug recht lächerlich erscheinen ließ.

Was hatte ich gedacht? Dass er mich mochte? Ich lachte wieder auf und es schmerzte in meinem Hals. Ich warf meine Sachen in meinen Koffer und schleppte ihn zur Treppe. Er war sehr schwer, weshalb ich unten erst einmal verschnaufen musste. Meine Ausrüstung befand sich zum Glück größtenteils im Kontor. Lediglich meine Kameras und mein Laptop waren noch oben. Und ich hatte Zeit. Mein Taxi wäre erst in einer Stunde hier. Ich wollte mich gerade wieder auf den Weg nach oben machen, da klopfte es wild an der Tür. Der Klang schallte durch die Halle und das Treppenhaus und ließ meine Ohren sirren. In der Erwartung, dass ich doch mehr Zeit beim Packen vertrödelt hatte, als angenommen und das Taxi bereits auf mich wartete, öffnete ich die Haustür – und stand einer aufgedonnerten Blondine gegenüber.

»Du Hure!«, keifte sie und ging auf mich los. Ich war viel zu überrascht, als dass ich sie hätte abwehren können und so landete ihr Schlag als Volltreffer in meinem Gesicht. Ich torkelte zurück, eher verblüfft, als verärgert, schließlich hatte ich sie erkannt. Cheyenne Boularouse beschimpfte mich wenig schmeichelhaft, was mir tatsächlich auffiel, als ich ihrem nächsten Schlag auswich.

»Cheyenne!«

Ich stieß bei meinem Rückzug über meinen Koffer und fiel.

»Du verfluchter Hurenbock!«, keifte Cheyenne, ließ dabei Gott sei Dank von mir ab. Sie flog auf Lachlan zu, um ihn zu malträtieren. Mit Worten, aber sie stieß ihn auch an.

»Wie kannst du es wagen! Und wie siehst du aus!«

Gut so, er hatte es verdient. Er fing sie aber mühelos ab und herrschte sie an: »Bist du verrückt geworden?«

»Wag es nicht, *mich* verrückt zu nennen!«

»Mach die Augen auf, Cheyenne! Daingead, du solltest doch wissen, dass ...«

Ich hatte mehr als genug, zumal der Tumult noch mehr Schaulustige anlockte. George versuchte sogleich, mit Engelszungen seinen Auftrag zu retten. Sina eilte zu mir. »Mein Gott!«

Ich streifte ihre Hände ab und ließ sie stehen. Sie alle. Meine Kameras. Mein Laptop – und dann raus hier. Sie standen noch immer in der Halle, als ich zurückkam. Cheyenne keifend, George schmeichelnd, Sina unterstützend und Lachlan? Ich fing seinen Blick auf. Seine blauen Augen glühten.

»Liny.« Er kam mir auf der Treppe entgegen und wollte mich berühren. Ich wich ihm aus und ging steif weiter. »Liny?« Er folgte mir und fasste nach meinem Ellenbogen. »Es tut mir leid.«

Ich riss mich los. »Fass mich nicht an.«

»Sie ist eine Furie, hätte ich geahnt, dass sie kommt ...«

Ich blieb stehen, um ihm diese eine Chance zu geben. Vielleicht hatte ich etwas falsch verstanden, vielleicht ließ sich alles ganz einfach erklären. »Cheyenne.« Die Braut für die verfluchte Hochzeit, die sie planen sollte und er war der verfluchte Bräutigam.

Ich bin ein Idiot, wenn ich wirklich glaube, es gäbe eine Erklärung hierfür. Verdammt. Mach die Augen auf!

»Ja.« Er räusperte sich und warf einen Blick zu seiner Verlobten, die uns nicht aus den scharfen Augen ließ.

»Immerhin bekommst du deine Fotos und kannst persönlich abklären, wie dies hier weitergeht.«

Ha! Ich sah brennend zu ihm auf, was ihn irritierte. Sollte ich froh sein? Dankbar, dass sich mein vermeintlicher Wunsch erfüllte und ich persönlichen Kontakt zur Braut herstellen konnte? Hatte er sie noch alle? Sein Blick glitt zu meinem Mund. Seine Brauen wanderten zusammen und er hob die Hand, um sie an meine Wange zu legen. Ich wich zurück und wiederholte dünn: »Fass mich nicht an.«

»Liny?« Wieder hob er die Hand.

»Nein.« Ich schloss die Augen, weil mir plötzlich schummrig wurde. Mein Nervenkostüm war offenbar zerrüttet.

»Hey.« Lachlan presste mich an sich und hob mich dann auf. »Ich bring dich nach oben«, flüsterte er in mein Haar. »Sina, Mrs Collum sollte sich in der Küche aufhalten, sorgen Sie für heißes Wasser. Cheyenne, hör auf zu kreischen und warte im Kontor auf mich.«

»Du glaubst doch nicht, dass ich mir dies hier gefallen lasse? Ich bin nicht irgendein Flittchen, ich bin …«

»Es reicht!«, herrschte er sie mit einem Tonfall an, der mich zusammenzucken ließ. Der eine Punkt ging wohl an ihn: Die Eheschließung geschah wohl nicht aus Liebe. »Ich lasse mich von dir nicht so behandeln, Cheyenne. Wir klären das in Ruhe, oder gar nicht. Also beruhige dich endlich. Ich komme zu dir, sobald Liny versorgt ist.«

Na, die hatte er abgefertigt und eines hatten sie beide gemeinsam, sie waren nicht gerade liebevoll im Umgang miteinander. Das Ganze war eine Farce. Ich schlotterte und klammerte mich an seine Brust. Meine Gedanken rasten, malten Szenarien aus und mögliche Happy Ends.

Ich bin ein verflucht hoffnungsloser Fall. Mann! Egal was er für sie empfindet, er wird sie heiraten und ich spiele sicherlich nicht das Liebchen! Verdammt! Ich konnte darauf sehr gut verzichten halbnackt in Zeitungen abgebildet zu werden. Widerstand regte sich von Neuem in mir. »Lass mich runter«, murmelte ich. Es klang eher jämmerlich, als fest.

»Liny, du bist kalkweiß im Gesicht, ich glaube nicht, dass du dich eigenständig auf den Füßen halten kannst.« Lachlan erklomm bereits die Stufen und ich schloss ergeben die Augen. Es war nicht fair, dass er mich so hinterging und, dass ich ihn trotzdem wollte. Seinen Trost, obwohl er für meine Tränen verantwortlich war.

»Ich muss mit Cheyenne sprechen, bevor sie noch größeren Unsinn anstellt.«

Als ob mich interessierte, was seine Verlobte anstellen könnte und welche Auswirkungen es auf ihn hätte. Verflixt! Ich war mit den Auswirkungen auf mich beschäftigt. Ich war arbeitslos und für ganz England nun die Schlampe, die sich an einen Celebrity heranwarf, kurz vor dessen Hochzeit. Wie sollte ich einen neuen Job finden, wie meinen Unterhalt bestreiten? Tränen brannten in meinen Augen und ich schloss sie. Warum tust du mir das an?

»Sie hält sich für einen Megastar und bemerkt nicht, dass sie sich wie ein unerzogenes Gör aufführt.« Die Tür zu meinem Zimmer stand offen und er bugsierte mich vorsichtig hinein. »So, ich erkläre dir alles.« Er legte mich ab und schlug die Decke über mich. Sein Blick bat um eine Chance und verunsicherte mich. »Lass mich nur kurz unten die Wogen glätten, bevor sie das Haus verwüstet.« Er beugte sich vor, wollte wohl meine Stirn küssen, wurde aber von Mrs Collum unterbrochen, die aufgeregt ins Zimmer flatterte. »Ach herrje! Sie sehen fürchterlich aus!«

»Danke, Mrs Collum, könnten Sie bitte für Tee sorgen? Miss Boularouse befindet sich im Kontor, Mr Meyrs und Miss Conrad vermutlich im Salon.«

»Nein, ich bin hier.« Sina.

Ich öffnete vorsichtig die Augen.

»Kümmern Sie sich um Miss Boularouse, damit ist uns allen mehr geholfen, ich werde Liny versorgen.« Sie nahm Mrs Collum die Schüssel ab. »Es ist besser so.«

Lachlan stimmte zögernd ein. »Nun gut. Liny, ich erkläre dir gleich alles, versprochen.«

Ich wich seinem Blick aus, nicht sicher, wie viel ich noch ertrug. Eine Erklärung ganz sicher nicht, schließlich erinnerte mich die ganze Szene bereits zu deutlich an das Ende meiner Beziehung mit Christoph, nur dass ich in dem Fall die Betrogene gewesen war und nicht diejenige, die die Beziehung sprengte. Sina übernahm schnell seinen Platz und tupfte mit einem feuchten Lappen an meiner Nase herum. Ich musste die Zähne fest zusammenbeißen, weil es schlicht wehtat. Tränen rollten über meine Wangen.

»Es ist schon angetrocknet«, entschuldigte Sina sich. »Ich bekomme es kaum ab.«

»Fahr mich zum Bahnhof.«

»Bitte?«

»Ich bin gefeuert. Ich will keine Sekunde länger hierbleiben.«

Sina sah mich dermaßen mitleidig an, dass mir schlecht wurde. Schon wieder. Sie seufzte. »Ich bringe dich. Aber du solltest dich umziehen.«

Zeit schinden? Auf keinen Fall! Ich schüttelte den Kopf. »Lass uns losfahren.«

***

Ich verließ die Agentur um kurz nach neun, wie üblich. Mein neuer Job war langweilig und ohne große Zukunftsaussichten, aber er hatte genau einen Vorteil: Er ließ mir keine Minute Zeit, um mich zu bemitleiden. Ich schlurfte die Straße entlang. Es gab noch einen Vorteil, meine erzwungene Diät. Ich war so mit Arbeit eingedeckt, dass ich ständig vergaß, zu essen. Und nach Feierabend hatte ich oft keinen Appetit mehr. Die Underground war noch immer überfüllt und wie gewöhnlich musste ich fast die ganze Strecke stehen. Von der Station aus waren es noch drei Blocks und so war es schon deutlich nach zehn, als ich endlich an meinem

Wohnkomplex gelangte. Auf den letzten Metern wühlte ich in meiner Handtasche nach meinem Schlüssel.

»Liny?«

Ich zuckte zusammen. Mein Herz machte einen Sprung und ich zwang mich, ihn zu ignorieren. Ich trat zur Haustür, schloss auf und wollte sie hinter mir ins Schloss drücken, aber Lachlan war schneller.

»Liny.«

Ich musste mich mit ihm auseinandersetzen. Also ließ ich die Tür los und sah auf. »Was willst du?«

»Reden.«

»Ich hatte einen langen Tag.« Und eine noch längere Woche.

»Es ist Freitagabend, du kannst morgen ausschlafen. Bitte, Liny.«

Da lag er völlig falsch, es gab keine Wochenenden, nur Abgabetermine, die gewöhnlich so eng gefasst waren, dass man rund um die Uhr arbeiten musste, um rechtzeitig fertig zu werden. Der einzige Vorteil von Sams- und Sonntagen war der, dass ich zu Hause arbeiten konnte und nicht in die Stadt fahren musste.

Ich presste die Lippen aufeinander, eigentlich nicht gewillt, nachzugeben und ihm seine *Erklärung* anbringen zu lassen. Aber leider hatte er etwas an sich, was meine Entschlossenheit unterminierte, also drehte ich ihm den Rücken zu und kaufte mir Zeit, die ich zum Abhärten nutzen wollte. Meine kleine Wohnung lag im fünften Stock und es gab keinen Aufzug. Ich war recht außer Atem, als ich oben ankam und sparte mir daher jedes Wort. Ich ließ einfach die Tür hinter mir offen. Meine Tasche landete auf der Couch, meine Schuhe trat ich auf dem Weg ab. Meine Pumps, denn mein Arbeitgeber schrieb hohe Hacken vor. Das ging auch nur in England! Außerdem war ich gezwungen, einen Rock in genau genormter Länge und eine weiße Bluse zu tragen. Ich knöpfte sie auf und verschwand in meinem Schlafzimmer. Das Türschloss klackte, als ich mir meinen Hausanzug überzog. Genug Zeit geschunden. Ich presste meine Hände auf meinen Bauch und atmete einige Male durch. Ich war nervös und musste mich daran erinnern, dass es Dinge gab, die keine Frau tolerieren durfte. Er hatte sich nicht einfach falsch verhalten, sondern schlicht niederträchtig. Verdammt, nur weil er der Sohn eines Dukes war, durfte er sich nicht alles erlauben. Das machte für mich keinen Unterschied und so ließ ich mich nicht behandeln. Punkt. Es hieß also, unter allen Umständen hart zu bleiben und ihn rauszuwerfen.

Lachlan sah sich in meiner engen Wohnküche um.

»Du erwartest hoffentlich nicht, dass ich dir etwas anbiete.« Ich blieb in der Tür stehen und gratulierte mir, dass ich es hart hervorbrachte, obwohl ein Frosch mir quer im Hals hockte. »Also, was musst du unbedingt loswerden?«

Seine Augen verengten sich leicht. »Ich habe dich vermisst.«

Ha! »Ist das alles?«, fragte ich knapp. »Dann geh jetzt bitte.« Ammenmärchen brauchte ich nicht und selbst, wenn es wahr wäre, ändert es nichts.

Lachlan schüttelte den Kopf. »Cheyenne ...«

Ich hob die Hand. »Nein. Das interessiert mich nicht. Lachlan ... Ian, ich will, dass du mich einfach in Frieden lässt.« Ich atmete tief ein, weil die Festigkeit meiner

Stimme bei jedem Wort abnahm und ich befürchtete, jeden Moment zusammenzubrechen. Aber mich in seine Arme zu werfen, zu heulen und ihm alles zu verzeihen, war schlicht keine Option. Ich suchte also nach den passenden Worten. Nach endgültigen, klaren Worten.

»Lachlan. Ian ist mein Bruder.«

Ich stockte.

Mein Herz gleich mit. Ja! Stopp! So ein Quatsch. »Natürlich. Hör zu, lass es einfach. Wir hatten eine nette Zeit. Es ist vorbei.«

»Mein Zwillingsbruder.« Er machte einen Schritt auf mich zu. »Ich habe gelogen, ja. Aber nicht so, wie du es annimmst. Wenn du mir die Gelegenheit gegeben hättest, es gleich klarzustellen ...« Er presste die Lippen aufeinander. »Mann, ich hatte Meyrs bereits soweit, dich wieder einzustellen!« Lachlan blieb vor mir stehen. »Liny.« Er hob die Hand und berührte meine Wange. »Ich hätte dir sagen sollen, wer ich bin.«

Ich senkte das Kinn. Sollte ich das glauben? Ich schüttelte den Kopf, nicht gewillt, mich einlullen zu lassen. »Bitte geh.« Und zwar schnell, denn hart zu bleiben fiel mir mit jedem Augenblick schwerer.

»Liny.« Er legte seinen Finger unter mein Kinn und hob es an. »Warum soll ich gehen?«

»Weil es von Anfang an unsinnig war.« Es war nur eine Frage der Zeit gewesen, bis es so enden musste. Wie bei Christoph. Herrgott! Und das lag doch nicht einmal an mir. Diese britischen Schnösel waren doch alle gleich. Adlige, Reiche, Berühmte, die hatten doch ganz andere Maßstäbe an Treue und Ehrlichkeit und damit wollte ich mich nicht auseinandersetzen.

»Wegen der Entfernung? Was hält dich in London?«

Ich trat zurück. »Lachlan, es hat keinen Sinn.«

»Gut, wenn du so an London hängst, komm ich runter. Die Verwaltung Farquhars hält mich nicht rund um die Uhr beschäftigt.«

»Moment.« Ich hob die Hände. Sie bebten verräterisch. »Du übersiehst, dass ich eine Beziehung ausschließe.«

»Ich heiße Lachlan Kendrick, Liny, es war keine Lüge. Ich habe lediglich meinen Nachnamen weggelassen. McDermitt ist hier so etwas, wie ein Blinklicht.« Er griff nach meinen Händen und drückte meine Finger. »Ich konnte nicht ahnen, dass mir ausgerechnet die einzige Frau über den Weg läuft, die mit meinem Namen nichts anfangen kann.« Er zog mich zu sich. »Carolina, gib mir eine Chance.«

»Ich ...« O Gott! Ich schüttelte den Kopf. »Nein.«

»Glaubst du mir nicht?« Er ließ mich los. Er fischte nach seinem Geldbeutel und klappte ihn auf, um mir seinen Ausweis zu präsentieren. Lachlan Kendrick Douglas Cameron McDermitt.

Ich wischte mir die Hände an meinem Shirt ab. Ich musste ihn loswerden, dringend, denn es war alles so verdammt einleuchtend, dass ich an Sicherheit verlor. Wenn doch alles nur ein dummer Irrtum war, wenn ich ihn doch zurückhaben konnte und nicht mehr von den Erinnerungen und der Sehnsucht nach ihm gequält wurde, dass ich schlicht nicht schlafen konnte, ohne völlig erschöpft zu sein. »Lachlan ...«

»Ich werde nicht gern fotografiert.«

Ich klappte den Mund zu.

»Und mit Ian verwechselt zu werden, bedeutet ständiges Blitzlichtgewitter. Deswegen bleibe ich auf Farquhar oder einem der anderen Güter meines Vaters. Liny ...« Lachlan streckte wieder die Hand nach mir aus, um meine Wange zu berühren. »Ich wollte bis zu unserem Date warten, dann hätte ich dir alles erzählt.«

Ich machte erneut einen Schritt zurück. Er war so verflixt verführerisch.

Er unterbrach mich, bevor ich auch nur ein Wort hervorgebracht hatte. »Du hast nicht nach einem Namen gefragt, Liny. Du hast nie nach irgendetwas gefragt.«

»Ich habe dich gefragt, ob du in einer Beziehung bist!«, korrigierte ich grimmig. »Du hast nicht geantwortet!«

»War ich nicht und in dem Moment wusste ich nicht, was ich von deiner Frage halten sollte. Für wen du mich hältst«, verteidigte Lachlan sich und folgte mir. »Du hast keine Vorstellung davon, was Frauen alles anstellen, um Ians Interesse zu wecken.«

Ich schnaubte. »Klar!«

»In den letzten drei Jahren gab es fünf Enthüllungsberichte von Ians Gespielinnen und zwei Vaterschaftsklagen!« Lachlan presste die Lippen aufeinander. »Mann, hast du ihn nicht gegoogled?«

»Nein. Ich wollte nicht wissen, wer mit mir gespielt hat!«, spie ich und wich weiter zurück. Ich ballte die Fäuste. Hart bleiben. Verdammt noch mal. Es passiert wieder!

»Ich habe nicht mit dir gespielt!« Er kam nach. »Liny, bitte.«

»Das reicht jetzt, Lachlan. Ich habe keine Ahnung, was du überhaupt willst! Und ich weiß auch nicht, ob ich es überhaupt wissen möchte.« Vermutlich nicht und das machte es nicht angenehmer. Ich schloss die Augen. »Ich bin müde und kann nicht klar denken.« Tief durchatmend hob ich den Blick.

»Vielleicht auch besser so.«

»Was?«

»Das ist keine Entscheidung, die mit dem Kopf getroffen werden sollte.« Er verdrehte die Augen und es sah verdammt albern aus. Bei mir auch? Ups. »Ich sehe ja ein, dass es kleinere Schwierigkeiten gibt, aber das sollte uns nun wirklich nicht abschrecken. Die Entfernung, schön, es bleibt nicht aus, dass wir uns nicht ständig sehen können. Die Verwechslung und der Ansturm der Papparazzi sind auch nicht lustig. Daingead, das ist schließlich der Grund, warum ich London lieber meide!«

»Papparazzi.« Weitere Bilder in bedenklichen Bekleidungszustand und noch unschönerer Lage von mir brauchte ich nicht im Land verteilt zu wissen. Und dann die Schlagzeilen. McDermitts heißer Ritt, nein danke. »Oh Gott!«

»Okay, ich sehe schon, ich mache es nur noch schlimmer.« Lachlan sah sich um. »Mir fällt nichts mehr ein.«

Er sah mich an, wie ein Dackel, der um Aufmerksamkeit bettelte. »Ich weiß nicht, was ich sagen könnte, um dich von mir zu überzeugen. Es ist offenkundig, dass du dich nicht Hals über Kopf in mich verliebt hast. Du brauchst einen Grund, mir eine Chance zu einem zweiten Eindruck zu geben und es fällt mir keiner ein.« Er fuhr sich fahrig durchs Haar. »Wärst du geblieben, hätte ich Ian überreden können, dich die Hochzeitsbilder machen zu lassen. Du hättest sicherlich sehr schnell Anfragen aus dem ganzen Land und bräuchtest nicht ...« Sein Blick glitt erneut durch das schmale Zimmer, das kaum größer war, als meine Kammer auf Farquhar, dafür aber ohne achtbeinige Mitbewohner.

»Bräuchte nicht was?«

Lachlan drehte sich ertappt zu mir um.

»Hier ist es recht eng.«

Ich schnaubte verdrossen und verkniff mir, die Augen zu verdrehen. Immerhin war mein Ärger hilfreich, es fiel mir bedeutend leichter, ihm auf Fakten hinzuweisen. »Du schläfst in einer Kammer, die kaum größer ist!«, erinnerte ich ihn.

»Gewöhnlich nicht.« Er sah wohl ein, dass er das erklären musste. »Farquhar befindet sich nicht im besten Zustand. Es gab einige ernsthafte Schäden, die von früheren Verwaltern nicht sachgerecht behoben worden sind. Viele Zimmer waren nicht bewohnbar.«

Jetzt verdrehte ich die Augen doch. »Die Hochzeit«, hob ich an und stemmte die Hand in die Hüfte.

»Hätte dort nicht stattgefunden. Das war lediglich eine Finte, damit der tatsächliche Ort geheim blieb.«

Ich klappte den Mund zu. »Oh.« Unsere Arbeit wäre ohnehin für die Katz gewesen. Ich wandte mich ab. Wir waren alle reingelegt worden. Es war nicht einmal mehr Ärger, den ich darüber empfand. »Wow, Lachlan, ich glaube, du solltest jetzt wirklich gehen.«

»Liny.«

»Nein«, schmetterte ich direkt ab. »Bitte geh. Ich will wirklich nichts mehr hören.«

»Kann ich dich morgen anrufen?« Wofür er meine Telefonnummer benötigte. Ich schüttelte den Kopf.

»Ich muss morgen arbeiten.«

»Am Samstag? Wirklich? Schön, dann Sonntag?«
Seine Finger berührten meinen Arm. »Es ist doch unbedeutend, dass der Auftrag nicht echt war. Das zwischen
uns war es.«

»Ich brauche mehr Zeit.« Um es zu verdauen auf jeden
Fall. Obwohl es wohl nichts ändern würde. Verdammt,
ich sollte gar nicht in Aussicht stellen, je wieder ein
Wort mit ihm zu wechseln. Wenn ich weiter im eigenen Saft schmorte, weitere einsame Nächte zubringen
musste und dies auch noch mit dem Wissen, dass ich es
mir selbst einbrockte, knickte ich sicher früher oder
später ein. Verdammt, ich vermisste ihn doch. Ich
wollte doch, dass es einen Grund gab, ihm zu verzeihen.

Kapitel 7

Besinnung

Sina schleppte mich zur Bar. Ich hatte mich nur widerwillig bereiterklärt, sie in den Club zu begleiten und bereute es auch schon wieder. Mir war nicht nach Feiern zumute.

»Also, wie läuft es?«, fragte sie und winkte den Barkeeper zu uns. »Wie ist die Agentur so?«

»Die Hölle.«

Sina lachte auf. »Warum frage ich auch?« Sie bestellte das Szenegetränk des Clubs und zwinkerte dem Mann hinter der Theke dabei zu. »George war außer sich. Ich habe versucht, die Wellen zu glätten. Und dein Lachlan auch.« Ich verriet mich durch meine Anspannung. »Was ist es? Die Lüge oder der Angriff?« Sie hob die Hand, um mich zu unterbrechen, obwohl ich gar nicht vorhatte, etwas zu sagen. »Angst.«

Ich hielt den Atem an.

»Ah! Liny, das ist albern.«

»Meinst du? Ich finde es nicht albern«, murrte ich und zog meinen Cocktail näher zu mir. »Ich finde es vernünftig. Und sowieso, wann lässt du schon jemanden an dich heran?«

Sina öffnete überrascht und empört den Mund.

»Du hast Sex, ja, aber wann hast du dich zuletzt verliebt?«

»Okay, Liny, das ist ganz schön unter der Gürtellinie.« Sie sah aber nicht angegriffen aus. »Aber du hast recht.

Ich habe mich schon lange nicht mehr verliebt. Aber deswegen laufe ich den Männern nicht davon und kastriere sie, sobald ich auf sie treffe.« Sie hob eine Braue. »Christoph war ein Arsch, sei froh, dass du ihn los bist!«

»Oh, toll«, murrte ich und nippte an meinem Cocktail.

»Es gibt sicherlich viele wie ihn«, fuhr Sina fort, obwohl ich wünschte, sie ließe mich in Ruhe. »Aber es gibt auch einige Männer, für die es sich lohnt, ein Risiko einzugehen.«

Das Gespräch würde so schnell kein Ende finden, das war mir klar. Sollte ich also still zuhören oder widersprechen?

»Dein Lachlan zum Beispiel hat gekämpft wie ein Löwe, damit George die Kündigung zurückzieht.«

Ich schnaubte verdrossen. »Hat ja meisterlich funktioniert!«

»Hätte es, wenn nicht herausgekommen wäre, dass es gar keine von uns ausgerichtete Hochzeit gegeben hätte – unter keinen Umständen.« Sie presste kurz die Lippen aufeinander und ihr Blick wurde deutlich feurig. »So viel Arbeit völlig umsonst.« Sie seufzte. »George war nicht zu bremsen. Er hat sich wahnsinnig aufgeregt und jeden und alles beschimpft.« Sie deutete ein Grinsen an. »Damit kann man die Mundpropaganda in Schottland wohl getrost abhaken.«

Ich zuckte mit den Schultern. Georges Werbe- und Kundenmanagement konnte mir nun egal sein. »Du hättest ihm meine Adresse nicht geben dürfen, Sina. War kein nettes Zusammentreffen.«

»Habe ich nicht.«

»Oh.« So viel Aufwand wozu?

»Als er zugab, nicht einmal deine Telefonnummer zu haben, wurde ich stutzig. Ich schlug ihm vor, es via Social Media zu versuchen.«

»Oh, danke!«

»Er scheint ganz nett zu sein, Liny, Mann, und dem Artikel zufolge, hattet ihr eine recht unterhaltsame Nacht.« Sie hob beide Brauen. Wollte sie nun eine Bestätigung? »Wenn man bedenkt, dass du kaum mal jemanden an dich heranlässt ...«

»Es war nur Sex.«

»Hmhm«, brummte sie mit einem Blick, der deutlich bezeugte, dass sie mir kein Wort glaubte. »Weil Carolina Hildebrecht so ein männerverschlingender Vamp ist. One-Night-Stands wo sie geht und steht.«

Ich verzog den Mund, versagte mir aber den Widerspruch. Ich wollte ihr nicht auch noch ins offene Messer laufen.

»Liny, da war doch mehr«, behauptete sie dreist. »Ob du es wahrhaben willst oder nicht!« Sie legte ihre Hand auf meinen Arm. »Schau dich an. Du siehst jämmerlich aus!«

Ich zog den Arm zurück.

»Liny, mach die Augen auf. Fahr zu ihm und kläre das. Wenn er kein Interesse mehr hat, schön, aber du solltest es nicht einfach blind in den Wind schießen!«, mahnte sie und versuchte meinen Blick einzufangen. Ich wich ihr krampfhaft aus.

»Liny!«

»Wozu? Um dann irgendwann doch verlassen zu werden?« Ich presste die Lippen aufeinander und bereute meinen Ausbruch wahnsinnig. Aber es war zu spät. Ich schüttelte den Kopf. »Das will ich nicht.«

»Da bleibst du lieber gleich allein und grämst dich«, stichelte Sina gekonnt. Sie schlürfte ihren Cocktail und ließ mich damit einen Moment unbehelligt. »Scheint ein funktionierender Plan zu sein.«

Ich funkelte sie böse an, aber es verfehlte seine Wirkung. Sina hob lediglich eine Braue, um ihren Punkt zu untermauern.

»Ich gräme mich nicht. Ich finde mich nur schwer damit ab.«

Sie lachte auf und ich ballte die Hände. »Liny, wer nicht wagt, der nicht gewinnt. Wenn du ihm keine Chance lässt, der Richtige zu sein, kann er sich dir auch nicht beweisen.«

»Was soll er da auch beweisen?«

»Dass er nicht Chris ist«, korrigierte Sina mahnend. »Hey, er bedeutet dir was. Vielleicht entpuppt es sich später als Fehler, aber es nicht einmal zu versuchen, ist bereits einer.«

Ich schnaubte unwillig. »Du hast leicht reden, er wird dich ja nicht verletzen.« Wenn er feststellte, wie langweilig ich war.

»Habe ich? Carolina, ich arbeite nicht seit drei Jahren für George, weil ich den Job so spannend finde. Aber ich habe es nun eingesehen. Da wird nie etwas sein. Ich versuche jetzt, mich ernsthaft für andere Männer zu interessieren.«

»George? Unser George?« Nicht zu fassen! Sina zuckte die Achseln.

»Bin total verknallt«, gab sie zu. »Aber vor Kurzem ist mir ein ebenfalls recht interessanter Mann über den Weg gelaufen. Nicht das große Herzflattern, aber mit Potential.«

»Das ist schön, Sina.«

»Bei dir ist bereits mehr. Wirf es nicht fort!«

Ich starrte in meinen Cocktail. Mehr. War ich so verdammt durchschaubar? Und wenn ich doch gar nicht wollte, dass es mehr war? »Er versteckt sich auf Farquhar, damit ihn die Paparazzi nicht belästigen.« O Mann, mein Mundwerk ritt mich wohl zu gerne in unmögliche Situationen.

Sina zuckte die Achseln. »Hat ja hervorragend funktioniert!«

Ich warf ihr einen bösen Blick zu. »Ja, hat es, nicht wahr? Mann, ich kann froh sein, dass nicht mehr zu sehen war.«

»Vermutlich gibt es weitere Aufnahmen.«

Ich stöhnte entsetzt und leerte mein Glas mit einem Schluck. Das war doch eine wahre Horrorvorstellung. Sina klopfte mir auf die Schulter und riet: »Nicht dran denken.«

Na, die war lustig! Ihre Hand rutscht ab, als ich mich zu ihr umdrehte. »Stell dir das doch mal vor. Du bist doch nie sicher, musst dich ständig fragen, ob hinter der nächsten Ecke nicht jemand lauert, der unvorteilhafte Bilder von dir schießen und veröffentlichen will.«

»Da hast du ein unschlagbares Argument.«

»Siehste«, murrte ich niedergeschlagen.

»Liny.« Wieder legte sie mir die Hand auf den Arm und sah mich ernst an. »Wirf es nicht fort. Versuch es, egal wie schwierig es erscheint. Ach, und lass mich deine Hochzeit ausrichten.«

Ich zog den Arm zurück und schnaubte: »Hättest du wohl gern!«

***

Nervös stieg ich aus meinem Leihwagen und sah an der Fassade von Farquhar empor. Die Sonne stand bereits sehr tief am Himmel und die Nacht war nicht mehr fern. Mein Herz pochte wild in meiner Brust und mir war übel. Was tat ich hier nur?

Ich verfluchte Sina und meine Dummheit gleich mit, dennoch stieg ich die Stufen zur Haustür hoch und klopfte an das Tor. Noch schneller und mein Herz musste sich einfach überschlagen. Meine Nägel bohrten sich in die Handballen, dass es schmerzte. Es dauerte eine Ewigkeit, bis endlich geöffnet wurde. Ich schluckte, als sich endlich die große Pforte vor mir öffnete.

»Nanu!«

»Mrs Collum, ich müsste mit Mr McDermitt sprechen.«

Mrs Collum runzelte dir Stirn, trat aber zurück und ließ mich ins Haus. »Miss Hildebrecht, so eine Überraschung.«

Ich lächelte gezwungen. »Ich möchte nicht stören.«

»Nun, ich muss gestehen, dass ich mir nicht sicher bin, ob sich Mr McDermitt im Haus befindet.« Sie schloss die Tür hinter mir. »Mrs McDermitt sollte sich oben aufhalten.«

Ich stockte. Mrs McDermitt. »Nein, ich möchte zu Lachlan McDermitt.«

»Mrs Collum, ich übernehme die Dame.«

Ich fuhr herum. Lachlan kam langsam näher. Sein linker Mundwinkel hob sich in seinem fein säuberlich rasierten Gesicht. Ian, nicht Lachlan.

»Oh, Mr McDermitt, Miss Hildebrecht gehörte zu dem Team, das ...«

»Ich weiß, Mrs Collum.« Er reichte mir die Hand. Ich zögerte kurz, bevor ich sie ergriff. »Carolina.«

»Mr McDermitt, guten Tag.« Ich zog die Hand zurück. »Ich bin auf der Suche nach Ihrem Bruder.«

Nun hob sich auch der zweite Mundwinkeln und sein Lächeln glich nun Lachlans. »So? Nun, er wird beschäftigt sein. Kommen Sie, ich leiste Ihnen Gesellschaft.« Er deutete den Flur hinab.

»Nein«, schlug ich aus. »Ich bin nicht hergefahren, um mit Ihnen zu sprechen. Also, wo finde ich Lachlan?« Ich sah zu Mrs Collum.

»Auf dem Dach«, gab Mr McDermitt an. »Und dort möchten Sie ihn doch nicht aufsuchen.« Er grinste breit und deutete erneut den Gang hinab. »Lassen wir ihn seine Aufgabe erledigen und trinken derweilen Kaffee?«

Ich zögerte. Ich wollte sicherlich nicht mit dem falschen Mann Zeit verschwenden. Wenn das Gespräch mit Lachlan unerwartet verlief, musste ich womöglich wieder nach Hause fahren oder mir irgendwo eine Unterkunft suchen. Besser ich brachte es gleich hinter mich. »Danke, Mr McDermitt, aber ich werde Lachlan wohl kurz stören müssen.« Ich atmete tief ein. »Auf dem Dach?« Was an sich bereits ein Grund war, doch beim Kaffee zu bleiben. »Mrs Collum, wie kommt man auf das Dach?«

»Ich zeige Ihnen den Weg, Carolina«, bot Ian McDermitt an.

Was blieb mir übrig? »Danke, Mr McDermitt.« Als er dieses Mal in den Flur deutete, folgte ich dem Hinweis. Wir nahmen die Treppe.

»Also, Sie sind Hochzeitsplanerin?«

»Grafikdesignerin«, korrigierte ich abgelenkt. Mein Atem ging nur stoßweise und ich suchte nach den Worten, die ich mir in drei Tagen sorgfältig zusammengelegt hatte. Sie waren unauffindbar. Was machte ich auch hier?

»Beides Themen, mit denen Lachlan nichts anfangen kann.« Seine Stimme vibrierte vor Belustigung.

Ich sah zu ihm rüber. »Wohl nicht, nein.«

»Da frage ich mich, wie er Ihr Interesse gewinnen konnte.« Seine Augen wanderten an mir herab und man sah ihm an, welchen Zweck die Musterung hatte. Es ließ mich meinen Aufzug bereuen. Ich war am Morgen auf dem Weg zur Arbeit gewesen und hatte mich spontan krankgemeldet. Damit trug ich meine vorgeschriebene Dienstkleidung: weiße Bluse, schwarzer, kurzer Rock und Pumps. Anständig, im Gegensatz zu seinem Blick, besonders, wenn er wusste, was zwischen Lachlan und mir vorgefallen war, was bisher schließlich ganz den Anschein hatte.

»Mit seinem Sinn für Romantik.« Absurd, aber ich fand es passend. Nun, McDermitt eher unglaubwürdig, denn ihm fielen fast die Augen aus dem Kopf.

»Ich glaube, Sie verwechseln da jemanden«, murmelte er und schüttelte den Kopf. »Kenny und Romantik, das ist wie ein Fisch auf dem Trockenen.« Er führte mich auf den Dachboden und öffnete dort eine Tür.

»Kenny?«

»Kendrick. Unsere Schwestern und ich finden *Lachlan* schrecklich.« Er ließ mir den Vortritt. »Sagen Sie nicht, er hat sich tatsächlich mit Lachlan vorgestellt.« McDermitt schüttelte grinsend den Kopf. »Nicht einmal unsere Eltern rufen ihn mit seinem Taufnamen.«

»Doch.«

Er lachte auf. »Hier geht es lang, Carolina.« Die Tür fiel zu und ich trat ans offene Fenster. Es war ein Giebelfenster und davor befand sich ein breiter Steg. Dahinter ging es steil hinab. Ich wich zurück. Mein Magen hob sich und ich schluckte schnell die Galle wieder hinunter. Eine wirklich dumme Idee.

»Sind Sie sich nicht mehr sicher?«

Er riss mich aus meinen Zweifel. »Höhenangst«, gab ich bebend zu. »Auf ein Dach zu klettern, ist da eine Herausforderung.« Ich wischte meine Hände an meinem Rock ab.

»Kaffee?«

Ich warf ihm einen schnellen Blick zu. »Könnten Sie nicht ...«

Er hob die Hände. »Ich klettere nicht auf Dächern herum, sorry.«

Na, ich auch nicht! Warum konnte diese Ausgabe Lachlans nicht unheimlich charmant und hilfsbereit sein?

»Kaffee?«

Ich haderte. Ich wollte nicht warten. Ich wollte wissen, wo wir standen. Ich wollte Sicherheit. Was auch immer passieren sollte. »Nein.« Ich stieg aus den Pumps. »Ich schaffe das schon.« Ich trat wieder auf das Fenster zu. Nicht nach unten gucken, mahnte ich mich. Ich setzte mich auf das Fensterbrett und schwang die

Füße durch die Öffnung. Meine Finger gruben sich in das Holz und ich schloss die Augen. Was für eine verdammt dumme Idee!

Stimmen wehten zu mir rüber und eine ließ mein Herz höher schlagen. Na ja, vielleicht war es auch die Furcht. Ich öffnete die Augen und suchte nach dem Ursprung. Es gab Stiegen, die neben dem Giebel nach oben führten. Tränen brannten in meinen Augen und ich konnte nicht an viel anderes denken, als *oh Gott*. Ich konnte warten, schließlich bliebe er ja nicht ewig dort oben. Meine Finger umschlossen krampfhaft das Fensterbrett.

»Carolina, Sie sollten nicht auf dem Dach herumklettern«, mahnte McDermitt und hielt mich am Ellenbogen zurück. »Schon gar nicht in Ihrem Zustand.«

Ich schüttelte den Kopf. »Das geht schon. Ist nur Panik.«

»Eben. Kommen Sie wieder rein.«

Eine heiße Träne perlte über meine Wange. »Es geht schon, Mr McDermitt.« Ich befreite meinen Arm und öffnete meinen Griff. Ich keuchte schwer, als ich die Füße auf die Balustrade setzte und klammerte mich an den Fensterladen fest. »Oh Gott.«

»Carolina, dass ist Irrsinn!« Er umschlang meine Mitte und zog mich wieder in das Zimmer.

Ich folgte zittrig, unfähig etwas zu sagen. Es war Irrsinn. Ich klammerte mich ebenso panisch an ihn, wie zuvor an die Lade. Meine Stirn lag an seiner Brust und es wäre zu leicht, zu vergessen, dass er nicht Lachlan war.

»Es kann unmöglich so wichtig sein, dass ...«

»Liny?«

Ich schrie auf und schubst McDermitt von mir. Anders als bei Lachlan erhielt ich auch meinen Freiraum und fuhr schwankend herum.

Lachlan kletterte durch das Fenster.

»Das ist so nicht«, wisperte ich. »Ich kann nur nicht ...« Mir versagte die Stimme und die Nerven gleich mit. »Lachlan«, krächzte ich und schloss die Lider.

»Höhenangst«, erklärte McDermitt gelassen. »Und sie wollte aufs Dach klettern.«

Oh, danke! Es war nicht nötig, mich der Lächerlichkeit preiszugeben.

Warme Fingerspitzen glitten über meine Wange. »So? Ist es schlimm?« Verwirrt sah ich zu ihm auf. »Deine Höhenangst.«

Ich presste die Lippen aufeinander und zuckte die Achseln. »Nein.«

»Sie schlottert noch immer, Ken. Ich schlage vor, ich gehe schon mal runter und ordere Kaffee. Vielleicht auch einen Schluck Whisky. Sie sieht aus, als könnte sie ihn gebrauchen.«

Ich warf ihm einen giftigen Blick zu. »Ich muss noch fahren!«

McDermitt hob die Hände und zog sich eilig zurück.

»Bleib doch«, murmelte Lachlan und hob mein Gesicht an, damit ich nur ihn ansehen konnte. »Wir finden sicherlich ein Zimmer für dich. Ein größeres. Du kannst auch meines haben.«

Ich schluckte. Tja, ich wollte ja bleiben. Ich befeuchtete mir die Lippen, was seinen Blick bannte. »Lachlan, ich muss mit dir sprechen.«

Seine blauen Augen verengten sich leicht. »Sag jetzt nicht, dass du schwanger bist und nur hier bist, um ...«

Ich schlug seine Hände weg. »Ich hatte schon fast vergessen, was für ein Idiot du bist!« Zumindest verschwand die Übelkeit und auch die Beklemmung. »Vergiss es!« Ich wandte mich ab und Lachlan fing meine Hand ein und holte mich zurück.

»Nicht. Geh nicht wieder weg.«

»Ich weiß gar nicht, was ich hier will!« Ich schüttelte seine Hand ab und stampfte davon.

»Liny, bitte. Es war eine unbedachte Bemerkung.«

»Ja, das war sie. Aber herzukommen offenbar genauso!« Mindestens.

Lachlan holte auf der Treppe zu mir auf. »Ich bin froh, dass du hier bist. Ich wäre am Wochenende auch wieder nach London gekommen. Ich habe mich umgehört.« Er verstellte mir den Weg. »Jetzt warte doch einen Moment.«

Ich schnaubte und wollte ihn umrunden.

»Es tut mir leid.«

»Ich hätte nicht kommen sollen, Lachlan. Es ist wegen Sina. Ich sollte nicht auf sie hören. Sie hat völlig idiotische Vorstellungen!« Ich nahm meinen Weg wieder auf.

»Carolina, du wärst nicht hier, wenn du es nicht wolltest. Solltest du mir da nicht wenigstens die Chance geben, meine Worte zu erklären?« Er hielt sich wieder neben mir und stoppte mich erst auf dem letzten Absatz. »Liny!«

Ich sah wütend zu ihm auf. »Vaterschaftsklagen. Ich habe es schon verstanden. Keine Sorge, ich bin nicht schwanger!« Er stand eine Stufe unter mir und war damit fast auf Augenhöhe.

Er atmete tief ein. »Liny, ich wollte dir nichts unterstellen.«

»Ach nein?« Damit erntete ich einen Blick, wie ihn meine Mutter zu nutzen pflegte. Kurz bevor sie mich ermahnte, es nicht zu weit zu treiben. Ich war eine erwachsene Frau und wurde immer noch gemaßregelt wie ein Kind!

Ich atmete also selbst tief durch. »Lachlan, genau das hast du gesagt.«

»Nein. Ich ging davon aus, dass du mich lediglich informieren wolltest. Dass du nicht hier bist, weil du mich vielleicht auch vermisst oder es dir einfach noch einmal überlegt hast. Liny ...« Er schüttelte den Kopf. »Wir müssen dringend an unserer Kommunikation arbeiten.«

»Oder, es einfach vergessen«, schlug ich vor, mich zur Ruhe zwingend. »Es gibt so viele Punkte, die dagegensprechen.« Einer davon war sicherlich das Elend, aus dem ich mich in den letzten Wochen kaum hatte befreien können. Die unzähligen Überstunden hatten nämlich auch dazu geführt, dass mir nicht mehr viel Zeit zum Grübeln und Heulen geblieben war. Ich schlief meist völlig erschöpft ein, nach nur ein oder zwei Stunden lautstarker Gram.

Lachlan ergriff meine Hände. »Die gibt es nicht! Ich habe die falschen Worte gewählt. Ich hätte dir die Gelegenheit geben sollen, zu sagen, was du sagen wolltest.« Er machte eine Pause und sah mir dabei eindringlich in die Augen. Fast stockte mir der Atem. »Wofür du sogar auf das Dach klettern wolltest!«

Ich biss die Zähne aufeinander.

»Liny, ich weiß, dass du es genauso willst wie ich.«

Es fiel mir schwer, Haltung zu wahren, obwohl seine Nähe den Drang in mir weckte, mich in seine Arme zu flüchten. Nur von ihm halten lassen, mehr wollte ich gar nicht. Ich hob die Hand, wollte sie ihm auf die Brust legen, und schloss zurückhaltend die Faust.

»Fast acht Stunden Fahrt, Liny. Das Dach. Mann, du dachtest, ich verstände es falsch, dass du in Ians Armen lagst!«, fasste er zusammen.

Ein Schauer ließ mich beben. Das klang tatsächlich sehr eindeutig. Zu eindeutig, herrje, ich konnte ihm ebenso gleich sagen, dass ich nur noch an ihn dachte und mich wahnsinnig nach ihm sehnte. »Das war nur …«, krächzte ich und brach ab. Sollte ich mit offenen Karten spielen? War ich nicht genau deswegen hier, um festzustellen, wo genau wir standen?

»Ich weiß! Himmel, Carolina, Ian mag ein ziemlicher Draufgänger sein, aber er hat sicherlich nie eine meiner Freundinnen angesehen.« Er versuchte wieder, meinen Blick einzufangen. »Du magst heute vielleicht seinem Geschmack entsprechen, trotzdem …« Er schüttelte den Kopf. »Er weiß, was du mir bedeutest.«

Damit fing er meine Aufmerksamkeit ein. Lachlan beugte sich vor und küsste mich. Seine Finger legten sich federleicht an meine Wange, der Daumen rieb dabei über meine Nase, und weckten durch ihre zarte Berührung ein verdammt lauschiges Gefühl in mir. Wärme gepaart mit Sicherheit. Ich kuschelte mich an ihn und gab der Liebkosung etwas mehr Feuer.

Lachlan räusperte sich nach einem Moment und löste sich leicht. »Liny, ich mag unkomplizierte Dinge. Ich mag zu wissen, woran ich bin. Ich mag Aufrichtigkeit und Gradlinigkeit.«

Ich runzelte die Stirn, weil ich nicht ganz folgen konnte. Man konnte mich wohl nicht gerade mit *unkompliziert* beschreiben.

»Du bist eher undurchsichtig.«

Ich klappte den Mund auf, klang es doch nicht wie ein Kompliment. Er schob mein Kinn wieder nach oben und drückte schnell einen Kuss auf meine Lippen. »Von Anfang an hast du mich auf die Palme gebracht, dabei wollte ich hier lediglich in Ruhe meiner Arbeit nachgehen.«

Ich presste die Lippen aufeinander. Also bitte!

»Erst dachte ich, es sei eine recht beknackte Art, Interesse zu wecken. Ian hat es mit Schreckschrauben, da hätte es funktionieren können, die Unbeeindruckte zu mimen.«

Seine Hand hielt mein Kinn umschlossen. »Ich habe nicht ...«

»Das war mir erst klar, als du mir den Ausdruck unter die Nase hieltest. Nicht mit der Drohung, unsere Affäre Cheyenne zu offenbaren, weil du mich für Ian hieltest, sondern damit ich dich in den Garten ließ.« Er schüttelte den Kopf. »Das wäre wirklich ein zu beknackter Plan gewesen.«

»Ich bin auch keine Schreckschraube!«, murrte ich und verschränkte, den Kopf zurückziehend, die Arme vor dem Bauch.

»Du gabst mir das Gefühl, ein absoluter Vollidiot zu sein.« Er legte den Kopf schräg und stemmte die Hände in den Hüften ab. »Dann die Sache in der Scheune. Du hättest es auch aussprechen können, es war genauso deutlich: Dir wäre es am liebsten gewesen, wenn es nie passiert wäre.« Er schüttelte den Kopf. »Immer schaffst du Abstand zwischen uns. Immer gibst du mir das Gefühl, nicht gewollt zu sein.«

Ich biss mir auf die Lippe. Mir war nicht klar gewesen, wie deutlich ich unbewusst war. Und Sina hatte ich es schlicht nicht abgenommen, als sie behauptete, ich kastriere die Männer.

Lachlan hob die Hand, strich mir erneut über die Wange. »Ich kann damit leben, nicht die Nummer eins zu sein, Liny. Ich lasse dir deinen Freiraum. Ich lasse dich arbeiten. Wenn es denn London sein muss, schön. Ich arrangiere mich damit. Auch damit, wieder gehäuft fotografiert und verwechselt zu werden.« Er hob mein Kinn und sein Daumen rieb sanft darüber. »Mein Ego muss nicht gestreichelt werden.« Ein Lächeln huschte über seine Lippen. »Ich bin da unkompliziert. Wenn du nicht reden willst, gut.«

»Da muss ich dich enttäuschen«, murrte ich. »Ich rede sogar viel zu viel.«

Ein Grinsen formte sich. »So? Ich habe das Gefühl, hier der Einzige zu sein, der *redet*.«

Ich verdrehte die Augen, bevor ich mich daran erinnerte, wie albern es aussah. »Du kennst mich gar nicht.«

»Ich weiß nicht alles von dir, da gebe ich dir gerne recht, aber etwas sagt mir, dass es gar nicht nötig ist, alles zu wissen.«

Ich unterdrückte ein weiteres Augenrollen und hob lediglich die Brauen.

»Ich weiß, wie ich mich in deiner Gegenwart fühle und so will ich mich fühlen, Carolina.«

»Ungewollt?«, erinnerte ich ihn an seine vorherigen Worte.

Er lachte auf. »Nun, zwischendrin kommt auch schon mal ein anderes Gefühl auf!« Seine Finger glitten an mir herab und er zog mich an meinen näher an sich. Sein Kuss war sanft und süß.

Meine Lider senkten sich ungefragt.

»Also«, raunte er an meinem Mund. »Was hattest du mir sagen wollen?«

»Dass ich dumm bin«, wisperte ich. »Und nicht weiß, ob ich das kann.«

»Dich in mich zu verlieben?«

»Mich zu trauen, zu bleiben«, korrigierte ich ihn. Das andere passierte leider unaufgefordert und auch noch unbemerkt.

»Wovor hast du Angst?«

Ich öffnete die Augen und sah ihm seine Irritation an. »Das ist eine längere Geschichte.«

»Dein Ex.«

Nun, vielleicht war sie auch ganz kurz.

»Du liebst ihn noch?« Seine Umarmung lockerte sich. »Ist es das?«

Ich schüttelte den Kopf. »Nein. Das ist vorbei.« Und seltsamerweise war es tatsächlich so. »Ich möchte nur nicht verletzt werden.«

»Das möchte ich auch nicht, Liny. Das möchte wohl niemand.«

Ich seufzte. Das war nicht das, was ich hören wollte.

»Leider kann ich es nicht ausschließen.«

»Bitte?« Ich wollte von ihm zurücktreten, aber die Stufe ließ mich torkeln.

»Liny.« Er fing mich ab. »Ich verstehe nicht viel von Romantik und vermutlich noch weniger von deinem Job. In jeder Beziehung kommt es zu Missverständnissen. Und bei uns ...« Er zuckte mit den Schultern. »Es ist, als geraten wir ständig aneinander.«

Da war was dran.

»Ich kann dir nur versprechen, es zu versuchen.«

Ich senkte das Kinn. War mir das genug?

»Liny?«, murmelte er und zog mich sacht an sich. »In der Scheune ging es mir nicht darum, mich aufzuwärmen. Ich wollte endlich aufhören, mich über dich zu ärgern. Ich dachte, dass ich vielleicht nicht mehr an dich denken müsste, wenn ich mit dir geschlafen habe.« Seine Lippen drückten sich in mein Haar. »Es hat es aber nur noch schlimmer gemacht.«

Ich biss mir auf die Lippe.

»Ich muss ständig an dich denken.«

»Ich denke auch an dich«, flüsterte ich und hoffte fast, ich wäre zu leise, als dass er mich verstünde.

»Ich bin wahnsinnig verliebt in dich.«

Ich stöhnte verzweifelt. Musste ich das Geständnis erwidern? War ich bereit dazu?

»Du wolltest für mich aufs Dach klettern«, murmelte er in mein Ohr. »Das werte ich einfach mal, als ein: *Ich bin auch wahnsinnig verschossen in dich.*«

Ich lachte auf und schob ihn von mir. »Von ...« Das *wegen* küsste er mir von den Lippen. Und mir war es mehr als recht so!

Epilog

Eine Hochzeit in den Highlands

Sina drückte meine Schulter. »Tief durchatmen. Alles ist halb so schlimm«, versicherte sie und grinste in der Reflexion des Spiegels.

»Es passt nicht.« Fassen konnte ich es trotz der Wiederholung nicht. Die Modistin zerrte an der Verschnürung meiner Korsage. »Uff.« Sie tat ihr Bestes, um das Kleid zu schließen, das musste man ihr lassen, aber ich befürchtete bereits das Schlimmste. »Wie kann es nicht passen? Die letzte Anprobe war doch erst vor zwei Wochen!«

Sina beugte sich vor, das breite Grinsen sagte bereits, was sie formulieren würde. »Hm, woran mag das liegen?«

»Unsinn.« Und das war es.

»Ach ja?« Sie zwinkerte. »Da sagt ein bekanntes Klatschblatt aber etwas völlig anderes.«

Besagte Zeitung spekulierte bereits seit der Bekanntgabe der Eheschließung über die Gründe und einer davon war eine mögliche Schwangerschaft. Seitdem entdeckte ich regelmäßig Bilder von meinem Bauch in angesagten Magazinen. Lästig, und ich verstand Lachlan mittlerweile aus tiefstem Herzen. Ich war mehr als bereit, mich im tiefsten Hinterland von Timbuktu zu verstecken, um endlich das Blitzlichtgewitter los zu sein, denn leider hatte die Presse auch nach zwei Jahren noch nicht verstanden, dass ich eben nicht der

Trennungsgrund von Ian McDermitt und seiner Kurz-
zeit-Ehefrau Cheyenne Boularouse war, noch seine
neue Verlobte. »Ich bin nicht schwanger.«

»Also, wenn du mich fragst …« Sina brach unter meinem feurigen Blick ab und hob die Hände. »Schon gut,
ich halte den Mund.«

»Was wäre dabei?«, mischte sich Monika, meine
Schwester, ein und schob sich in die Reflexionsfläche
des Spiegels. »Kinder sind ein Segen.« Sie tätschelte ihren Bauch. »Und es wäre doch süß, wenn der kleine Ra-
bauke schnell einen Spielgefährten bekäme.«

»St. Peter-Ording liegt nicht gerade um die Ecke.« Natürlich ein lächerlicher Grund, warum mein Neffe und
mein zukünftiges Kind nicht miteinander spielen sollten – wenn ich denn schwanger wäre. Ich seufzte. Wir
planten eine Familie, seit feststand, dass wir heiraten
würden. Lachlan hatte sogar bereits ein Kletterpara-
dies in Auftrag gegeben, ganz so, als erwartete auch er,
dass wir bald Nachwuchs bekämen.

»Darüber wollte ich noch mit dir sprechen.«
Ich fing ihren Blick auf und stöhnte. Monika hatte immer Ideen, die ich in die passenden Bahnen lenken
musste – wie ihre Blitzhochzeit vor wenigen Monaten
oder ihrem unerwarteten Auslandsaufenthalt, nach
der Trennung ihres vorherigen Ehemannes, den sie
ausgedehnt bei mir verbracht hatte. Zumindest hatten
wir die Jahre aufholen können, die wir uns nicht gesehen hatten, weil ich einfach zu viel zu tun hatte und sie
nie der Typ gewesen war, der Kontakt hielt. Das hatte
sich geändert, auch wenn ich schnell ausgewichen war
und mehr Lachlans Loft nutzte als meine kleine Wohnung.

»Keine Sorge«, beschwichtigte sie mich und rieb sich den Bauch. »Es ist nur, dass Fridjof einige Aufträge angenommen hat, und nicht da sein wird, wenn unser Sohn geboren wird.« Ihre Augen wurden noch größer und sie hob die Brauen. »Ich wäre ja ganz allein.«

»Wann reist er ab?« Ich spielte mit dem Gedanken, ihr einfach abzusagen. Natürlich hatte St. Peter-Ording seinen Charme, aber ich hatte mich schon auf ein Jahr in kreativer Abgeschiedenheit hier auf Farquhar gefreut. Außerdem wollte ich nicht unnötig von Lachlan getrennt sein. Ich stoppte mich mitten in dem Gedanken. Das war albern.

»Nächste Woche.«

Überrascht drehte ich mich und wurde direkt ermahnt, ruhig zu stehen, weil das Kleid noch immer nicht saß. »Auf keinen Fall.« Meine Flitterwochen wollte ich weder abbrechen, noch kürzen. »Mann, Monika!« Ich konnte sie doch nicht in ihrem Zustand sitzen lassen, verflixt!

»Ich weiß, was du denkst.« Sie grinste und stupste meine Nase an. »Und nein, ich wollte dich nicht in deinen Flitterwochen belästigen.«

Ich sackte zusammen vor Erleichterung. »Puh!«

Monika lachte.

»Ziehen Sie den Bauch ein, Madame!«, wies die Modistin an und zog mit Gewalt an der Verschnürung. »Jetzt!«

Der Atem entwich mir ohne mein Zutun. »Sie bringen mich um!« Ich bekam es kaum über die Lippen.

»Zu!«

Ich keuchte und schnappte angestrengt nach Luft. »So geht das nicht!«

»Atme einfach kürzer. Es geht, glaub mir.« Sina lockerte die Verschnürung wieder. »Besser.«

»Ist es zu?« Zwar bekam ich wieder Luft, aber was brachte mir das, wenn dafür das Korsett nicht richtig geschnürt war?

»Es ist alles bedeckt, was bedeckt sein soll«, versicherte Sina und zog an einer meiner Locken, die hübsch in meinem Nacken drapiert waren. »Du bist wunderschön.«

»Pf. Ich passe nicht in mein Kleid!« Also war ich doch fett, aber der Rest war in Ordnung. Das dezente Make-up, der schlichte Perlenschmuck und das wallende Kleid im zarten Cremeweiß. Ich atmete tief ein und bereute es.

Sina legte den Arm um meine Mitte und hielt mich aufrecht. »Langsam atmen und flach. Sieh es so, Lachlan werden die Augen rausfallen, wenn er dich zu Gesicht bekommt, das ist es doch wert, oder?«

Sie wusste, wie man mich rumkriegte. »Ja, das ist es wert.« Ich strich über die Korsage und legte die Hände dann in der Taille ab. In einer wahnsinnig schmalen Taille. Wow. Meine Lippen bogen sich von selbst zu einem breiten Grinsen.

»Madame, die Tiara.« Ich ließ sie mir aufsetzen und starrte mich im Spiegel an. »Bezaubernd.«

Oh, ja. Ich berührte den Haarschmuck. Er sah so verdammt echt aus und passte sehr gut zu den Ohrhängern, die Lachlan mir geschickt hatte. Ich berührte auch die und fuhr dann über die schimmernden Perlen, die um meinen Hals lagen.

»Behängt, wie ein Tannenbaum!« Monika grinste mich an. »Also, darf ich euch hier im August belästigen – nach euren Flitterwochen? Bitte!«

Ich verdrehte die Augen. »Hier?« Natürlich wäre es woanders auch nicht sinnig, wenn sie nicht allein sein wollte. Ich seufzte. »Ich frage Lachlan.« Der, so vermutete ich schwer, nichts dagegen hätte, schließlich war das Haus groß genug und er sowieso häufig beschäftigt.

»Wir liegen hervorragend in der Zeit, falls es jemanden interessiert.« Sina grinste in die Runde. »Und ich habe auch noch keine Hiobsbotschaften bekommen.«

Das beruhigte mich dann doch. Zwar hatte ich die Planung völlig aus der Hand gegeben, weil ich nach wenigen Tagen bereits völlig durch den Wind gewesen war, als ich mich zum ersten Mal mit dem Thema beschäftigt hatte. Lachlan hatte mich dann gebeten, Sina zu engagieren – na ja, eigentlich einen Hochzeitsplaner, aber für mich war nur Sina infrage gekommen. Sie hielt mich auf dem Laufenden, schonte mich aber gleichzeitig – auf Lachlans Anweisung hin – und das wusste ich durchaus. Er übertrieb es mit seiner Besorgnis und wollte mich am liebsten von der ganzen Vorbereitung abschirmen. Wohlgemerkt: Der Vorbereitung meiner eigenen Hochzeit. Er übertrieb es dann doch bei Weitem und so hatte ich seine Autorität untergraben und mich direkt an Sina gewandt. Daher wusste ich Bescheid und war beruhigt. Mich erwartete keine Prunkhochzeit, trotz des übertriebenen Schmucks. Das war nur für die hübschen Bilder und zur Beruhigung des Dukes und der Duchess of Skye.

Sina öffnete die Tür und spähte hinaus. »Ah! Sehr schön!«

Ian trat ein und zwinkerte mir zu. »Mo creach, letzte Chance.« Er hielt mir die Hand hin. Ich verdrehte die Augen. Schön, ich hatte mich nach zwei Jahren gut im Griff und konnte mich bändigen, um den richtigen Eindruck zu hinterlassen, auch wenn Lachlan immer wieder darauf bestand, dass es nicht nötig sei, sich zu verstellen. Ich wollte mich aber nicht darauf verlassen, dass er tatsächlich hinter mir stand, wenn ich mich in aller Öffentlichkeit unmöglich gemacht hatte. Vor seiner Familie womöglich, die schon ein besonderes Völkchen waren, oder vor der Queen. Beim letzten Mal hatte ich mich noch drücken können; als Lachlans Ehefrau und damit als Lady McDermitt hatte ich selbst dem Tode nahe, bei den wenigen offiziellen Anlässen zu erscheinen.

Ian ergriff meine Hand, die ich ihm wohlweislich nicht gereicht hatte und drückte einen Kuss auf den Handrücken. Unverschämt wie immer, aber ich hatte gelernt, damit umzugehen. Die kalte Schulter wirkte bei ihm zwar nicht abschreckend, aber zumindest hielt es ihn auf Abstand. »Mylord, Ihr Anliegen schmeichelt mir, aber ich sehe mich außerstande, Ihnen eine positive Antwort zu geben.« Ich machte einen Knicks, den ich mittlerweile ganz gut drauf hatte.

Ian pfiff beeindruckt. »Jetzt klingst du schon ganz wie unsere Mutter. Du musst dir nur noch diesen Blick angewöhnen.« Er zwinkerte. »Und Lachlan behält recht.«

»Womit?« Eigentlich wusste ich es besser, als auf seine Späße einzugehen, aber der Flachs lenkte mich auch von meiner Nervosität ab, die meine Knie in Mitleidenschaft zogen. Ich lehnte mich an den Rahmen und sah den Gang entlang. Wo blieb mein Erzeuger?

»Dass du perfekt bist.«

Na, da irrte sich jemand aber gewaltig, allerdings wollte ich das nicht ausgerechnet Ian auf die Nase binden. »Klar bin ich das. Monika, kannst du Vater anrufen?«

»Nee.« Ihr Verhältnis zu ihm war noch schlechter als meines, deswegen überraschte mich die Antwort nicht wirklich. »Sina?«

»Er übernimmt dich erst für den Gang zum Altar.« Sina schob mich an. »Ian, wenn ich bitten darf ...«

Er bot mir den Arm an. »Gern, also, wie gesagt, letzte Chance: Heiratest du lieber den brummigen Schafhirten oder den äußerst charmanten zukünftigen Duke of Skye?« Er beugte sich vor. »Denk an all die Juwelen, die ich ...«

»Schafhirte. Definitiv und unter allen Umständen.« Ian lachte auf.

»Der Wagen wartet sicher vor der Tür, ich finde den Weg auch ohne dich.« Nicht, dass er mich allein gehen ließe, oh nein, letztlich war er doch Lachlans Zwilling und in vielen Dingen glichen sie sich tatsächlich aufs Haar.

Ian bot erneut seine Unterstützung an. »In dem Fall, Schwester, lass mich dir bitte helfen. Kenny dreht mir den Hals um, wenn dir auf dem Weg etwas zustößt.«

Mein Rock musste gerafft werden, wobei mir Monika und Sina halfen, sonst wäre ich die Treppe wohl nicht hinunter gelangt. »Hat schon mal jemand an einen Fahrstuhl gedacht?« Das machte es nicht nur Bräuten einfacher, ins Erdgeschoss zu gelangen, sondern auch das Gepäck müsste nicht mehr über Etagen und

schlichten Kilometern von Gängen bewegt werden.
»Oder eine Rolltreppe.«

Ian schüttelte sich vor Lachen. »Schlag das mal Kenny
vor, aber lass mich dabei sein, ich will sein Gesicht sehen! Mann, der wird sich ganz schön am Riemen reißen
müssen, um dir nicht an den Kragen zu gehen.«

Mein Grinsen bezog sich nicht auf seinen Vorschlag,
sondern auf meine Erinnerungen. Ich wusste, welches
Gesicht er machte, wenn er nicht meiner Meinung war,
oder besser, wenn ich Farquhar verunglimpfte. So
hatte schließlich alles angefangen.

Wir verließen das Haus durch das Frontportal und
ich blieb stehen, um die Sonne zu genießen. Ich hob ihr
mein Gesicht entgegen und atmete tief die würzige Luft
der Highlands ein. Zugegeben, sie bestand größtenteils
aus Schafdung und Meer, aber es machte sie nicht weniger berauschend. »Mäh!« Mein breites Grinsen ver-
rutschte schlagartig und ich riss die Lider auf.

»Oh, nein! Sheamus, was zum Henker machst du
denn hier?« Der Schafsbock blökte erneut und stapfte
die unteren Stufen hoch. »Warum bist du nicht auf der
Heide, wo du hingehörst?«

Ich schob seinen Kopf weg, weil er an meinem Kleid
knabbern wollte. »Das lässt du schön bleiben. Wie
siehst du eigentlich aus?« Wie der Rest seiner Herde
war er im Frühjahr geschoren worden und trug nun
sein Fell gestutzt – da konnte man ihn sehr gut mit
Lachlan vergleichen, was mich erneut grinsen ließ.

»Deine Eskorte.« Ian zwinkerte. »Du hast dich ja entschieden.«

»Pf!« Die Herausforderung nahm ich nicht an. »Also
gut Sheamus, aber anknabbern ist nicht, verstanden!

Wenn du dich zusammennimmst, verspreche ich dir, dass ich dir ein großes Leckerli besorge. Nur für meinen Lieblingsbock.«

»Oje!«, unkte Ian und schob mich von dem Schaf fort. »Gib ihm doch nicht unentwegt recht!«

»Sheamus hat kein Ton gesagt.«

»Kenny«, murrte Ian. »Nicht auszuhalten, wie er sich aufführen wird, wenn du all seine Behauptungen unentwegt bestätigst. Die perfekte Frau, perfekte Braut, toll, super, wunderschön und klug! Tierlieb, verständig, selbstbewusst und zurückhaltend. Wundervoll, großartig ... und so weiter und so fort.« Ian klang absolut genervt, aber das fiel mir nicht einmal negativ auf. Im Gegenteil, ich strahlte ihn an.

»Sagt er das?«

Er sah verdrossen auf mich herab, bis er stolperte. Sheamus setzte nach und hätte ihm sicherlich ums Gleichgewicht gebracht, wenn ich den Bock nicht abgefangen und ihn am Horn herumgeschwungen hätte. Ein extra Fitnesstraining war gar nicht nötig, wenn man sich mit diesen sturen Tieren beschäftigte, man bekam Kraft, oder ging ihnen aus den Weg – es war unvermeidlich.

»Es reicht jetzt!«, herrschte ich ihn an und zwar in der Sprache, die er ganz sicher verstand – gälisch. Wir starrten uns an, schließlich hatten wir Übung in diesem Spiel. Er spielte zu gern die Spaßbremse. Ständig versuchte er, mich von Lachlan fern zu halten, wenn der auf der Heide war und bei seinen Tieren oder der Umgebung nach dem Rechten sah. Auch schon mal von anderen Dingen, wie dem Abhang oder den morastigen Stellen, zugegeben, aber viel zu oft stand er einfach im

Weg, wenn ich zu Lachlan wollte und ich musste lernen, meinen Willen durchzusetzen. »Sguir dheth! Thalla!«

»Määähhh!«, machte Sheamus gedehnt und wich endlich zurück.

»Langsam dämmert mir, dass er recht haben könnte.« Ian begleitete seine Worte mit einem Blick, der mehr als Verwunderung ausdrückte. »Aber du bist dir sicher, hm?«

»Lass den Quatsch, Ian. Wo ist der Wagen?« Neben Sheamus und uns war der Hof verflixt leer.

»Wir gehen zu Fuß, Liny.« Sina schob sich an dem Bock vorbei, wobei sie ihn offenbar lieber aus dem Weg ginge. Tja, es brauchte eine Weile, bis man ihn zu schätzen wusste, das kannte ich aus leidlicher Erfahrung. Sie grinste gequält und deutete den Weg entlang. »Komm, wir wollen doch nicht in Verzug geraten.«

»Daingead!«, fluchte jemand und ich erkannte ihn an der Stimme, schließlich war mir die schottische Verwandtschaft meines Verlobten durch die Bank vertraut.

Ich drehte mich und musterte ihn belustigt. Da hatte sich wohl noch jemand mit Sheamus angelegt und sichtlich verloren. Der vornehme Zwirn starrte vor Dreck. Sina klappte neben mir ziemlich demonstrativ der Mund auf.

»Verzeihung«, murrte der Neuankömmling und versuchte wohl, unauffällig etwas von dem Stroh von seiner Kleidung zu streichen. Ian brach an meiner Seite in haltloses Gelächter aus und japste nur noch unverständliche Worte.

»Ein Malheur, Carolina.« Er trat vor und streckte die Hand aus, ließ sie aber gleich wieder fallen. Keiner von uns wollte genau wissen, was ihm an den Fingern klebte, die er schnell hinter sich versteckte. »Ich fürchte, ich muss um ein paar Minuten Aufschub bitten.«

»Bitte, sagen Sie mir, dass Sie nicht der Trauzeuge sind.« Sinas Stimme war verdammt schrill, obwohl ich ihre Panik durchaus nachvollziehen konnte. Er wollte die Hochzeit aufschieben? No way!

»Nur, bis ich …« Er sah an sich herab und lief dabei rot an, was sich fürchterlich mit seiner Haarfarbe und seinem Bart stach. »Es tut mir leid, ja, ich bin Islay Campbell.«

Sina gurgelte neben mir, was mich recht verwunderte, schließlich sollte ich jetzt doch die Nerven verlieren und nicht meine Hochzeitsplanerin. Die starrte Islay jedoch mit einem Ausdruck an, der nahe am Horror lag.

»Du chrasheds Kennys Hochzeit!«, gackerte Ian und ich boxte ihn in den Bauch. Er vertrug das, schließlich war er nicht minder gestählt, wie mein auf mich wartender Bräutigam. Ich atmete tief ein.

»Das wird er nicht.« Kein Cousin in Schafdung getunkt brächte das fertig. Ich deutete einen Knicks an, schließlich wusste ich, wen ich vor mir hatte – einen weiteren versnobten Adligen. Wie amüsant. Ich kicherte. »My Laird, so leid es mir tut, du wirst nun auf der Stelle deinen Platz am Altar einnehmen.«

Ihm sackte das Kinn herab, fing sich aber, bevor es peinlich wirkte. Er räusperte sich. »Carolina, ich kann unmöglich in diesem Aufzug … das verstehst du doch.«

»Das hättest du bedenken sollen, bevor du was auch immer anstellst.« Ich deutete auf seinen Aufzug. »Was hattest du im Stall zu suchen?«

»Ein Unfall.«

Ich hob die Brauen. »Wäre mir Sheamus heute Nacht in unserem Zimmer begegnet, hätte ich das nicht lustig gefunden!« Zumal selbst Lachlan manchmal Probleme hatte, die Oberhand bei dem Bock zu gewinnen, also ein Scherz, der echt daneben war.

»Wir dachten nur ...«, murmelte Islay, wobei seine Gesichtsfarbe noch dunkler wurde.

»*Schäfer*stündchen, ja ist angekommen. Trotzdem: nicht witzig!«

Hinter mir lachte Monika auf, sie hatte die Anspielung wohl nicht gleich verstanden, aber ich wusste schließlich, dass sich Lachlans Verwandtschaft gerne über sein Hobby mokierte.

»Zur Strafe hast du die Wahl, der Trauung fernzubleiben oder so zu erscheinen.« Was ihm sicher peinlicher war, als mir. Sina gurgelte wieder und griff nach meiner Hand, um sie schmerzhaft fest zu drücken.

»Tu mir das nicht an«, keuchte sie atemlos. Sie sah mitleiderregend verzweifelt aus. »Er ist mein Tischpartner!«

Ups. Ich betrachtete Islay. Er hatte offenbar einen Kampf verloren und sich dabei im Stroh gewälzt und zwar nicht im frisch ausgestreutem.

»Sie schaffen es doch in«, quietschte Sina, meine Finger brechend, »zehn Minuten?«

Es war herzlos, meiner besten Freundin diese Peinlichkeit nicht zu ersparen und ich seufzte meine Zustimmung. Ian bot sich an, seinem Cousin zur Hand zu gehen und schubste den auch schon antreibend die Stufen hoch.

»Islay?« Sina sah immer noch zur Eingangstür. »Was ist das für ein Name?«

»Ein schottischer vermutlich.« Nicht, dass mich die Frage irgendwie beschäftigte.

»Und er ist?«

»Ein Cousin mütterlicherseits.«

»Ah«, murmelte sie scheinbar abgelenkt. »Er sieht jünger aus.«

»Ist er.«

»Und wie alt genau? Muss man sich Sorgen machen?«

»Warum sollte ...« Ich drehte mich verwirrt zu ihr um. Sie sah Islay immer noch nach.

»Also, wie alt?«

»Fünfundzwanzig, also bist du auf der sicheren Seite.« Endlich riss sie sich los. »Ach, was dir wieder durch den Kopf geht.« Aber ihr Grinsen bewies meine Vermutung. Meine Hand lag auf meinem Bauch, weil mir nun wieder schummrig wurde und konzentrierte mich auf meine Atmung. Das Kleid war schlicht zu eng. Ein Telefon spielte eine Melodie – mein Telefon! Ich fuhr aufgeschreckt herum, weil der Klingelton zu Lachlan gehörte.

»Monika, mein Handy, schnell!« In Eile war meine Schwester trotz meiner Mahnung nicht, es dauerte eine schreckliche Ewigkeit, bis ich endlich abnehmen konnte. »Hàlo.«

Ein Seufzen begrüßte mich. »Wo bleibst du denn?«

»So gesehen bin ich auf dem Weg.« Ich drehte meiner Schwester den Rücken zu und schob Sheamus vor mich her, um etwas Abstand zu bekommen. »Aber du weißt ja, kein Tag ohne Drama.«

»Ich dachte schon, du kommst nicht.«

Ich lachte auf. »Rede doch keinen Unsinn.« Er wusste doch, dass ich ihn liebte.

»Ian meint, ich wäre ein Knauser, wenn ich dir keine Tiara schenke, aber wenn du sie magst, dann kannst du natürlich eine eigene haben. Ich fand nur ...« Ein Seufzen unterbrach ihn. »Ich weiß einfach nie, woran ich bei dir bin.«

Dafür machte er immer alles verdammt richtig. »Lachlan, was soll ich mit einer Tiara? Sheamus ist von ihr nicht beeindruckt und wer bekommt mich hier schon sonst zu Gesicht?«

»Sheamus? Ich hoffe doch, du heiratest mich nicht, weil du unbedingt in den Besitz dieses muffelnden Viehs geraten willst.« Er klang grummelig, aber ich kannte ihn gut genug, um auch seine Belustigung herauszuhören.

»Ich liebe dich.«

»Ich liebe dich auch, à graidth. Also, wo bleibt meine Braut?«

»Die diskutiert mit besagtem Bock über die Modalitäten des Durchlasses.« Ich hörte ihm die Frage an, obwohl er kein Ton machte. »Er läuft hier frei rum und ich werde nicht mein Kleid aufs Spiel setzen, um ihn einzufangen.«

»Daingead, er ist entkommen? Ich habe ihn extra in den Stall gesperrt und Anweisung gegeben, ihn keinesfalls rauszulassen, nachdem er sich in den letzten Wochen nicht vom Garten fernhalten konnte!« Er fluchte malerisch und ließ mich grinsen. Das schottischgälische konnte man nicht eins zu eins übersetzen, weil es ein ziemlicher Kauderwelsch wurde, aber genau das tat mein Hirn automatisch und das ließ mich in den un- möglichsten Momenten in Gelächter ausbrechen.

»Ich liebe dich.«

Lachlan seufzte zufrieden. »Komm zu mir. Ich will dich endlich mo bhean nennen.«

»Dir fehlt noch ein Trauzeuge – zwei, wenn du deinen Bruder mitzählst. Wo bist du?«

»Daingead, du hast recht, wo ist Islay? Was ist denn heute los?«, brummte er grimmig. »Du glaubst nicht, was ich mir alles anhören musste!«

»Vermutlich, dass ich sicher mit Ian durchbrenne ...« Ich kicherte. »Schließlich bin ich schwanger, wenn man der Sun Glauben schenkt.«

»Na, da nehme ich sie mal beim Wort, wobei du eher mit mir durchbrennst, schließlich heißt es auch, du seist seine Braut.« Wir lachten beide und ich genoss den Moment der Einigkeit, obwohl wir ja getrennt waren.

»Na dann, wo treffen wir uns?«

»Durchbrennen? Echt jetzt?«

Ich sah über die Schulter zurück. Sina tippte in ihr Te- lefon und war abgelenkt. Monika lehnte gegen die Ba- lustrade und ließ den Blick über den Hof wandern. Ich senkte die Stimme. »Ich bekomme kaum Luft in diesem Kleid, es wäre also besser, wenn wir nicht laufen müss- ten, sonst bin ich für alles zu haben, solange ich dich nur endlich wieder für mich allein habe.« Für ultra- pompöse und rosarot romantische Hochzeiten war ich ohnehin nicht zu begeistern.

»Na herrlich, gerade verschwindet meine Mutter«, brummte Lachlan. »Weißt du was? Du hast recht. Wir treffen uns am Garten. Beeil dich, damit es nicht auffällt.«

Durchbrennen? Einen Moment war ich zu erschrocken, dann gewann meine Abenteuerlust die Oberhand. »Zwei Minuten.« Ich hatte es schließlich nicht
weit. »Wo soll ich auf dich warten? Ach, ich gehe einfach durchs Haus und hole mir den Schlüssel, einverstanden?«

»Du fragst mich allen Ernstes, ob du in den Garten
darfst?«

»Stell dir bitte vor, dass ich dir die Zunge rausstrecke.«

Er lachte auf. »Du bist einzigartig, weißt du das? Das
Tor ist offen. Beeil dich.«

»Aye!« Ich legte auf und schlenderte betont unauffällig den Weg entlang. Am Rasen angekommen, stieg ich
unauffällig aus den Pumps, um besser laufen zu können. Nach einem versichernden Blick, dass Monika
und Sina noch immer abgelenkt waren, bog ich um die
Ecke und raffte mein Kleid, um besser rennen zu können. Weit kam ich nicht, ging mir doch der Atem aus.

*Es ist auch eine absolut idiotische Idee, mit dem eigenen Bräutigam am Tag der Hochzeit durchzubrennen,
ohne Schuhe und in einem Kleid, das einem schon im
Ruhemodus den Atem nimmt!*

Auf der Rasenfläche zwischen Haus und Garten
wurde ich deutlich langsamer und musste nach Luft
schnappen, dabei fiel mir auf, dass hier verflixt viel los
war. Wimpel flatterten im Wind, die Banner der Clans
waren aufgezogen und bauschten sich. Damit war
wohl klar, dass Sina nicht ganz die Wahrheit gesagt
hatte, denn von einem Picknick war nie die Rede gewesen. Das Catering hätte im Haus stattfinden sollen und

es waren auch nur die engsten Verwandten und
Freunde eingeladen worden – dachte ich. Allerdings
waren es – und ich zählte sie zur Sicherheit noch einmal nach – siebzehn Banner. Siebzehn Clans waren sicherlich nicht die engste Verwandtschaft. Ich blieb stehen, die Fahnen anstarrend und zunehmend verwirrt.
Ich hatte mit dem Duke und der Duchess of Skye gerechnet, den Schwestern samt Ehegatten und vielleicht
noch einigen Onkel, Tanten, Cousins und Cousinen,
aber nicht damit.

»Hey.« Fingerspitzen glitten federleicht über meine
Schulter und an meinem Arm herab und ließen mich
zusätzlich nach Luft schnappen. Immer noch machte
er mich schlicht wahnsinnig. Sein Arm schlang sich um
mich und er zog mich an sich. »Mein Gott, du bist atemberaubend.« Er strahlte mich an, ließ dabei seinen Blick
wieder und wieder über mein Gesicht wandern, als
könne er einfach nicht genug von mir bekommen.
Meine Nase begann zu kribbeln, die Augen zu brennen
und ich schniefte.

Sein Grinsen verwischte und er hob mein Kinn an. »À
graidth?«

»Was ist hier los?«

»Eine Überraschung«, gestand er knirschend. »Aber es
war wohl sowieso eine dumme Idee. Lass uns abhauen.«

»Mäh!«

»Daingead! Geh weg, du dummer Bock!« Er schob den
Kopf des Schafs weg und schob mich gleichzeitig aus
dessen Reichweite. »Der glaubt wohl, du bist seine
Schafdame.«

Trotz meiner Tränen musste ich grinsen. Ich lehnte mich an Lachlan und versteckte mich in seiner Umarmung.

»Ich dachte, es wäre dein Wunsch, schließlich ist der Garten der romantischste Ort auf Farquhar. Das hast du selbst gesagt«, flüsterte er mir zu, während seine Hand über meinen Rücken rieb. »Ich mache immer alles falsch!«

Ich schniefte, saß mir doch ein Riesenfrosch im Hals. »Im Garten?« Ich musste es falsch verstehen.

»Am See. Du hast es selbst gesagt, ein magischer Ort. Unser Ort.« Seine Umarmung wurde fester. »Es war ein Fehler, es tut mir leid.«

»Zertrampeln sie die Rosen?« Wieder schniefte ich und klammerte mich dabei fester an ihn. Der Garten, der für ihn doch eine solch immense Bedeutung hatte, überflutet mit Menschen, tatsächlich ein schauderhafter Gedanke.

»Liny!«, rief Sina mit derart vorwurfsvoller Stimme, dass ich mit Lachlan einfach nur verschwinden wollte. »Verdammt, du kannst doch nicht einfach ... und du solltest sie gar nicht sehen!«

»Dummer Aberglaube«, griff Ian auf, der Monika am Arm hatte. Islay hielt sich bedrückt im Hintergrund. »Aber wir sollten màthair nicht länger warten lassen, sie verliert langsam die Geduld mit uns.«

»Liny, du weinst doch nicht!« Sinas Stimme überschlug sich fast. »Dein Make-up!«

»Ian, du musst die Verwandtschaft ablenken. Gib uns eine halbe Stunde Vorsprung«, bat Lachlan, mich festhaltend, als ich mich von ihm lösen wollte. »Islay, du fährst uns, wo ist dein Wagen?«

»Was?« Sina zog an meinem Arm. »Okay, das ist normal, nennen wir es Hochzeitskoller, aber jetzt alles platzen zu lassen, wegen dummer Angst, ist doch idiotisch!«

»Du willst abhauen? Fein, dann heirate ich deine perfekte Braut, schlimmer als mit Cheyenne kann es auch nicht laufen.«

Ich drehte das Gesicht, brauchte aber keinen Kommentar abgeben. Lachlan verunglimpfte ihn und setzte eine Warnung hintendran, besser einen großen Anstand zu mir zu wahren. Ich kuschelte mich an seine Brust.

»Entscheide dich, bràthair, willst du sie oder nicht. Da wartet unsere Familie darauf, dass du eine bessere Wahl triffst, als ich.«

»Lachlan, Liny ist manchmal etwas stürmisch und unbedacht, aber herrje, sagtest du nicht, dass du sie liebst? Dass du sie glücklich machen willst? Dann tu es auch. Verdammt, ja es ist eine beängstigende Angelegenheit, aber ihr wart euch doch schon sicher!« Sina rang die Hände. »Liny ist kein schlechter Mensch und sie liebt dich aufrichtig. Meinungsverschiedenheiten ...«

»Miss«, unterbrach Islay sie und räusperte sich unter ihrem Blick erst einmal. »Ich glaube, die wollen zusammen weg. Gretna Green, nehme ich an.«

Sina klappte der Mund auf, Ian brach erneut in Gelächter aus und Monika wusste nichts damit anzufangen. Sie sah ratlos in die Runde.

»Du heiratest, Mann!«, japste Ian. »Alles ist vorbereitet, die Familie ist d'accord und anwesend und du willst durchbrennen und deine Braut in Gretna Green heiraten? Du bist etwas zu versessen auf die Vergangenheit, weißt du das?« Er schlug Lachlan auf die Schulter. »Komm, lass den Quatsch und lass uns màthair beruhigen, sie läuft bereits Amok, weil es zu einigen Minuten Verspätung kam.«

»Nein. Liny möchte lieber fahren.« Er küsste meine Stirn. »Also verschieben wir es.«

Ich quiekte erschrocken. So hatte ich es auf keinen Fall gemeint! »Ich will gar nichts verschieben! Lachlan, mir ist alles völlig egal, Hauptsache ich habe mich nicht umsonst in dieses Kleid gezwängt. Das ist Folter, weißt du.«

Er schob mich ein Stück weiter von sich, um mich einen langen Moment anzusehen. »Du bist wunderschön, Carolina.«

»Dann hat sich das ja gelohnt.«

Er grinste. »Wie wollen wir es durchziehen? Aufregend oder klassisch?« Sein Daumen rieb über meine Wange.

»Klassisch«, beschied Sina und bekam Zustimmung von Monika und Ian.

»Na ja, ich bin für aufregend.« Islay korrigierte sich schnell unter Sinas feurigem Blick. »Natürlich klassisch.«

»So, da das geklärt ist«, griff sie auf und lächelte in die Runde. »Mr Campbell sorgen Sie doch dafür, dass der Bräutigam wie es sich gehört am Altar auf die Braut wartet.«

Islay trat vor, aber Lachlan behielt mich seelenruhig im Arm und wiederholte seine Frage. »Wie möchtest du zu Lady McDermitt werden?«

Es war mir völlig gleich, trotzdem stellte ich mich auf die Zehenspitzen und drückte ihm einen leichten Kuss auf die Lippen, bevor ich ihm antwortete: »Du hast dir viel Mühe gegeben, nicht wahr? Und es ist dir bestimmt nicht leicht gefallen, den Garten zu öffnen.«

»Sie kennt dich zu gut, Kenny!«

»Wir bleiben und haben einen wundervollen Tag, einverstanden? Ach und sollten wir Schafe in unserem Schlafzimmer vorfinden ...« Ich warf Islay einen warnenden Blick zu. »Wird uns bestimmt die passende Reaktion darauf einfallen, meinst du nicht?«

Lachlan grinste mich an, küsste mich und raunte: »Als wären wir das nicht gewohnt.«

Ende